미르난데의 아이들

미르난데의   아이들

장편소설
조나단

Children of the

Mir
Nande

이지북
EZbook

차
례

출전권 • 7

　　콜로세움 • 18

첫 번째 세상 • 29

　　팀플레이 • 39

　　　　야바위 • 50

　현실에서의 용사들 • 58

본령 • 73

　　보르헤아 왕국 • 86

드래건의 심장 • 98

모마스 • 111

변화 • 124

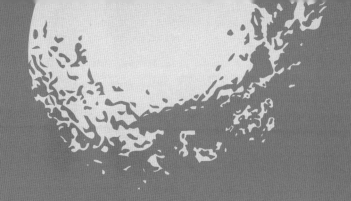

떠버리 • 135

늙은 여인의 말 • 148

피의 대가 • 163

음모론 • 178

마지막 세상 • 191

최후의 영웅 • 201

전쟁의 신을 향해 • 217

작가의 말 • 232

출전권

한나는 조금 실망했다.

기대한 것과 달랐다. 텔레비전에서 보던 용 문양의 로고가 붙어 있거나, 화성의 화려한 풍경 사진이 걸려 있거나, 적어도 '미르난데위원회'라는 홀로그램 안내판 정도는 있을 거라 생각했는데.

아무것도 없었다.

도시마다 시청에 미르난데위원회가 설치되어 있다는 건 알고 있었다. 그러나 시청은 다른 곳과 마찬가지로 황폐해진 옛 건물일 뿐이고 위원회는 3층 라운지 한쪽에 아무 표식도 없이 자리 잡고 있었다. 로비에서 알려주지 않았다면 어디로 가야 하는지도 몰랐을 것이다.

이곳이 미르난데위원회임을 알려준 직원들은 세련된 화성 정장 차림에 스마트 고글을 쓴 채 단말기를 들고 사람들을 상대하고 있었다. 그들 앞에는 수십 명의 사람이 자신의 순서를 기다리며 줄을 서 있었고.

한나는 가장 짧은 줄 뒤에 서며 사람들을 살폈다.

대부분 십 대였고 이십 대도 많았다. 서너 명이 팀을 이룬 이들도 있었지만 대개는 한나처럼 혼자였다. 삼십 대가 넘어 보이는 어른들도 보였는데, 그들은 처음부터 자격이 없었다. 한나는 거짓말하거나 사정해서 어떻게든 미르난 데에 참가해보려는 사람들이 꽤 많다고 들었다. 한편 줄마다 아주 어린 아이들도 있었는데, 옆줄 앞쪽에 선 남자아이는 많아야 열 살 정도로 보였다. 한나는 저런 어린아이까지 참가한다는 사실이 놀라웠다.

모두 희망을 찾아온 사람들이었다.

나가는 사람들 표정에서 결과를 알 수 있었다. 출전권을 딴 사람도 있었지만 탈락한 이들이 더 많았다. 애초부터 자격이 없는 어른들은 큰 소리로 화를 내기도 했다. 그러나 끝내 풀이 죽어 위원회를 나갔다. 그런 사람들을 보면서 한나는 출전권을 따지 못해도 내색하지 말자고 다짐했다.

마침내 한나의 차례가 왔다. 한나는 가져온 메모리카드를 화성인 직원에게 건넸다. 그는 한나를 힐끗 보고는 카드를 단말기에 꽂으며 말했다.

"세상 모든 이야기의 세계, 미르난데에 온 걸 환영해요."

목소리와 표정이 형식적이었다. 지친 기색도 엿보였는데, 온종일 사람들을 상대하느라 그런 것 같았다. 그가 혼잣말로 중얼거렸다.

"인터넷으로 등록해도 되는데 왜 굳이 다들 여기로 오는지……."

한나는 인터넷을 쓸 수 없는 상황이라고 말하려다 입을 다물었다. 화성에서 온 사람한테 그런 말을 하기에는 자존심이 상했다.

그가 단말기를 훑어보며 말했다.

"개인 필드를 다운받아 184시간 게임했네요. 기본 시간 수료, 체크."

한나는 모뎀 수준의 인터넷으로 1인 게임을 온종일 다운받았다. 참가 자격을 얻으려면 일정 시간 이상 게임 속에 머물러야 했기에, 일을 하고 할머니를 돌보는 시간 외에는 밤잠을 줄여야만 했다.

한나는 게임의 단계별 결과로 참가 자격이 주어질 거라 예상했다. 그러나 게임은 단순했고 완수해야 할 미션도 따로 없었다. 매번 다른 공간에 들어가 퍼즐을 맞추거나 쓸모없어 보이는 바위와 나무를 옮기거나 심고, 거리를 걷다 갈림길에서 길을 선택하는 식이었다. 한나는 게임이 자신을 파악하는 중일 거라고 막연하게 짐작했다.

　모든 것은 이곳에서 결정되는 듯했다. 게임을 주관하는, 화성에서 파견된 미르난데위원회에 의해서.

　"모두 98구역을 돌아다녔고 지향점들이…… 체크, 체크. 이것도 체크."

　단말기를 보며 혼잣말하던 직원이 문득 고개를 들어 한나를 보았다.

　"아이디가 새매군요. 무슨 뜻이에요?"

　"스패로호크라고 매의 한 종류예요."

　"키우는 새인가 봐요?"

　한나는 그가 지금 농담하는 건지 궁금했다.

　"『어스시의 마법사』라는 소설 속 주인공 이름이에요."

　"그렇군요."

　그의 반응이 금세 시큰둥해졌다. 이 직원은 르 귄의 책을 읽지 않은 게 분명했다.

　"오케이, 지금 기록을 전송했어요."

　어디로 전송하는 거지? 얼마나 기다려야 하는 걸까? 적어도 메모리 기록만 보고 이 직원이 직접 결정하는 건 아닌 것 같았다. 그의 반응을 봤을 때 그랬다가는 십중팔구 탈락이었을 것이다.

직원은 말없이 손가락으로 단말기를 두들겼다. 한나는 그의 손가락을 보며 속으로 숫자를 셌다.

"나왔군요."

여덟까지 셌을 때 그가 말했다.

"축하해요. 미르난데 입장이 허가됐어요."

직원은 비로소 미소를 지어 보였다. 여전히 형식적인 미소였지만.

"토요일 오후 세 시까지 콜로세움으로 가면 돼요. 늦으면 출전이 무산된다는 거 잊지 말고요. 그럼 행운을 빌어요."

한나는 대꾸하지 않고 뒤돌아 걸어갔다.

줄을 선 사람들의 시선이 느껴졌다. 한나는 표정을 드러내지 않고 위원회를 빠져나가 칙칙한 시청 건물을 돌아보았다. 주변에 아무도 없다는 걸 확인하고서야 숨을 들이마셨다.

비로소 안도감이 밀려왔다. 희망이 생겼다.

트램에 올라탄 한나는 빈자리에 앉아 마음을 가라앉혔다. 창밖으로 흘러가는, 옛날에는 화려했을 낡은 건물과 생기 없이 걸어가는 사람들을 보면서 한나는 현실로 돌아왔다. 변한 건 없었다. 고작 출전권을 땄을 뿐이고, 이제 돌아가 일을 하고 할머니를 돌봐야 했다.

한나에게는 그것만이 중요했다.

사실 한나는 미르난데에 관심이 없었다. 할머니 책장에 꽂혀 있는 책들이 더 좋았다. 사람들은 미르난데가 영화나 드라마, 소설과 음악, 게임을 완벽하게 대체한 종합 엔터테인먼트라고 하지만 한나는 톨킨과 르 귄을 읽으며 공상에 빠지는 게 더 좋았다. 미르난데는 사람들 반응에 좌우되지만 소설 속 이야기는 온전히 읽는 이의 것이었다.

하지만 상황이 바뀌었다. 한나는 엄마 아빠 없이 혼자 삶을 꾸려가야 했다. 특히 할머니의 병을 고치려면 돈이 필요했다. 상상할 수 없는 큰돈이. 어쩔 수 없이 한나는 올봄부터 미르난데 참가를 고민했고, 기어이 1인 게임을 내려받았다.

한나는 할머니로부터 들은 적 있었다. 옛날에는 아이들의 꿈이 연예인이나 유명인이었다고. 아이돌 스타나 백만 유튜버 같은. 그들은 한때 돈과 명예를 거머쥐었다고 한다. 그런 것이 사라진 지금 모든 아이의 꿈은 미르난데 우승이었다.

미르난데는 1020만 가질 수 있는 유일한 희망이었다. 미르난데에 참가하면 명성을 얻고 부가 따라왔다. 무엇보다 미르난데 우승자는 전 지구인의 열망과도 같은 걸 얻을 수 있었다. 사람들은 그걸 쟁취하기 위해 미르난데에 참가하고 모든 걸 걸었다.

바로 화성 이주권을 위해서.

일터는 24시간 돌아가는 공업단지에 있었다. 예전에는 번성하던 동네였지만 지금은 망한 공장과 망할 공장 들이 조화를 이루고 있는 곳이었다.

'햄앤버거스'는 공단 뒤편 상가건물에 있었다. 이름과 달리 버거는 팔지 않는 식당이었다. 햄버거는 과거에나 맛보던 음식이었고 낡은 간판도 그때 달아놓은 것이었다. 지금은 주변 공장의 노동자들을 위한 저렴한 음식을 팔았다.

한나가 식당에 들어서자, 커다란 덩치에 화려한 꽃무늬 드레스를 입은 사장이 한나를 째려보았다. 사장은 못마땅한 눈으로 벽시계를 확인했다.

늦지 않았다. 한나는 점심시간 이후 브레이크 타임을 이용해 시청에 다녀온 거였다. 아마 일 분이라도 늦었다면 사장의 잔소리 폭격을 당해야 했을 것이다.

"늦었다. 어서 들어가 저녁 준비해."

사장이 꼬투리 잡으려는 눈초리로 말했다.

한나는 입 모양으로만 '예' 하고 탈의실로 들어갔다. 유니폼을 갈아입는데 선주가 들어왔다. 선주는 같은 시간대에 일하는 또래 친구다.

"어떻게 됐어?"

한나는 어떻게 답할까 잠시 고민하다가, 그냥 운이 좋았다고 했다.

선주는 자기 일처럼 좋아했다. 한나와 달리, 선주도 미르난데에 목매는 아이였다. 벌써 세 번이나 지원했지만 처음 두 번은 참가 자격도 얻지 못했다. 작년에 기어이 참가 자격을 얻었을 때는 시작 단계에서 죽고 말았다. 그때의 고통 때문에 올해는 참가하지 않는다고 했다.

선주는 축하해주면서 조언을 잊지 않았다.

"너는 남들보다 더 열심히 노력해야 해. 평소에 미르난데에 관심이 없었으니까."

"어떻게 더 노력해야 하는데?"

선주가 잠시 눈을 굴리더니 말했다.

"살아남아야지! 나처럼 첫 번째 세상에서 죽지 말고."

두 사람은 함께 웃음을 터뜨렸다. 그러자 사장이 들어와 표독한 눈으로 째려보았다. 한나는 괜히 주눅이 들어 선주와 함께 주방으로 들어갔다.

집에 돌아온 건 밤 여덟 시가 넘어서였다. 한나는 하교 후 저녁 시간에 햄앤버거스에서 일했고, 집에 돌아오면 항상 이 시간이었다. 그나마 식당이 집과 가까워 시간과 교통비를 아낄 수 있었다. 그게 매번 자신을 긁어대는 사장이 마음에 안 들어도 햄앤버거스에서 계속 일하는 이유였다.

할머니는 저녁을 차리고 있었다. 오늘은 할머니의 상태가 좋다는 뜻이었다. 상태가 좋지 않을 때면 할머니는 멍하니 앉아 손녀도 알아보지 못하고 혼자만의 세계에 빠져 있고는 했다.

할머니와 식사하면서 한나는 미르난데에 참가하게 됐다고, 이제 상황이 나아질 거라고 말했다. 할머니도 잘됐다며 좋아했다. 할머니는 미르난데를 모르지만 한나가 좋아하니 잘됐다고 생각하는 듯했다.

식사가 끝나고 설거지를 하고 있는 한나에게 할머니가 말했다.

"오늘은 네 엄마 아빠가 늦는구나."

덜컹하는 마음에 그릇을 떨어뜨릴 뻔했다. 또 시작이었

다. 할머니가 정신 줄을 놓는 시간. 한나는 지금이 가장 무서웠다.

할머니는 예전에 사회운동을 하고 그에 관한 책도 썼던 사람이다. 나이가 들어도 올곧은 정신과 유머를 잃지 않았었는데, 몇 년 전부터 기억이 깜박깜박하더니 최근에는 한나도 몰라보는 때가 많아졌다. 그럴 때면 한나는 할머니가 자기를 두고 먼 곳에 가 있는 것만 같아 무섭고 외로웠다.

주위에서는 할머니가 그러는 게 자연스러운 거라고 했다. 나이를 드신 것뿐이니 받아들여야 한다고 말이다. 하지만 한나는 치매가 더는 불치병이 아니라는 걸 알고 있었다. 알츠하이머나 루게릭병, 에이즈 같은 질병의 치료 약이 개발된 지 오래였다. 세상이 지금처럼 퇴보하기 훨씬 이전에.

할머니를 치료할 약은 있다. 돈이 없을 뿐이다.

한나는 다시 한번 다짐했다. 그래, 나는 할머니 때문에 미르난데에 참가하는 거야. 우승 같은 건 바라지 않아. 화성 이주권 따위 필요 없어. 할머니만 건강하시면 돼.

한나는 할머니를 돌아보며 명랑하게 말했다.

"아빠는 안 와요, 할머니."

할머니는 이해가 안 된다는 눈으로 한나를 바라보다가, 우물거리며 뭔가 물으려고 했다. 한나가 선수를 쳤다.

"엄마도 안 오고요."

할머니는 기억을 더듬는 듯하더니 이내 혼자만의 세계로 빠져들었다. 한나는 울컥했지만 애써 웃으며 말했다.

"괜찮아요. 할머니랑 나, 우리 둘이면 충분해요."

콜로세움

토요일이 되자 한나는 콜로세움에 갈 준비를 했다. 할머니한테는 콜로세움에 간다고 말하지 않았다. 그냥 주말에도 식당 일을 하게 됐다고만 말했다.

옆집 아줌마한테 할머니를 돌봐달라고 부탁하며 배급 통조림을 건넸다.

"조심해, 한나야. 다치지 않게, 응?"

어디서 들었는지 아줌마는 한나가 미르난데에 참가한다는 걸 알고 있었다.

"작년인가, 거기 나갔다가 폐가 망가진 애도 있다더라."

아줌마는 어른들이 몹쓸 짓을 시킨다고, 왜 아이들한테 그런 걸 하게 하는지 모르겠다며 투덜댔다.

한나는 달리 할 말이 없어 그저 씩씩하게 웃었다.

거리로 나온 한나는 버려진 차를 넘어 차도로 들어섰다.

차 대신 사람들이 도로를 점령하고 걸어 다녔다. 자전거나 보드를 타는 사람도 있었다.

한나의 동네에는 차가 없었다. 예전에는 자율주행차들이 도로를 메웠다지만 지금은 아니었다. 시내나 공장단지에는 아직 부자들의 차와 자율주행 트럭이 돌아다녔지만, 시내만 벗어나도 차를 보기가 쉽지 않았다. 한나가 사는 가난한 동네는 더욱 그랬다.

콜로세움은 걸어서 한 시간 남짓 걸렸다. 근처에 다다르자 거리에 사람들이 많아졌다. 여럿이 모여 가는 것이 한눈에 봐도 경기장에 가는 사람들이었다. 자율주행차와 고급 클래식 차들도 보였다. 경기를 직관하려는 부자들이었다.

콜로세움 주변은 이미 사람들로 바글거렸다. 매표소에 표를 사려는 줄이 늘어서 있었고 먹거리와 조잡한 기념품을 파는 좌판들도 보였다. 선주는 미르난데가 전 지구적 축제라고 했다. 한나에게 미르난데가 축제였던 적은 한 번도 없었지만, 다른 도시들은 몰라도 이 황폐한 도시의 축제인 것은 분명했다.

이곳은 과거에 축구와 육상경기가 열리던 종합운동장이었다고 했다. 지금은 그런 스포츠 경기가 열리지 않았고, 참가자가 늘어나면서 시에서 미르난데를 위한 경기장으로 변모시켰다. 그리고 그때부터 이곳을 콜로세움이라고 부르기 시작했다. 1020 세대만을 위한 격투기장.

모든 사람이 미르난데에 열광하는 것은 아닌 모양이었다. 입장을 위해 줄 선 사람들 주위로 'NO 미르난데!'라고 적힌 팻말을 든 남자 셋이 구호를 외치고 있었다. 그들은 미르난데가 화성 정부의 음모니 지구 정부는 당장 미르난데를 금지해야 한다고 주장했다. 하지만 그 주장에 관심 갖는 사람은 아무도 없었다.

모든 것의 시작은 화성이었다.

21세기 후반, 인류는 우여곡절 끝에 화성에 인간을 보내는 데 성공했다. 이후 반세기에 걸친 테라포밍*이 완성되면서 본격적인 이주가 시작되었다. 화성이 인류의 새로운 터전으로 부상하면서 지구의 자원과 물자가 화성의 '지속적이고 안정적인 발전을 위해' 빠져나갔다.

그러나 화성 이주는 애초부터 가진 자들의 모험이었다. 이주자가 많으면 인구 문제를 야기할 수 있기에, 화성으로

---

* 지구가 아닌 행성 및 위성, 기타 천체 환경을 지구의 대기 및 온도 생태계와 비슷하게 바꾸어 인간이 살 수 있도록 만드는 과정.

의 이주는 처음부터 엄격하게 제한되었다. 부와 권력을 독점한 사람들과 탁월한 능력을 가진 이들만 화성으로 향할 수 있었다. 그렇지 못한 대다수는 지구에 남아야 했다.

그 결과 부작용이 생겨났다. 지구의 발전은 지난 세기 중반에 멈춰버렸고 점차 퇴보하기 시작했다. 화성이 지구의 자원과 기술과 식량을 지속적으로 빨아들였기 때문이다. 당연히 지구 사람들은 반발했고, 이번 세기 들어서는 화성이 독립을 선언하며 지구가 화성의 꼭두각시가 되자 세계 곳곳에서 폭동이 일어났다. 지구인들은 고갈되어가는 자원과 식량을 계속 빼앗기는 무능한 지구 정부를 비난했고, 낙원으로의 이주를 가로막는 화성 정부를 규탄했다.

그러자 화성 정부는 지구에 미르난데를 선물했다. 용이 사는 세계.

세상 모든 이야기의 세계, 미르난데의 문을 노크하세요.
당신의 이야기가 살아 움직이는 세상, 미르난데의 영웅이 되어 화성 이주권을 쟁취하세요.

화성 정부의 꼼수라고 비판하며 미르난데를 비하하던 사람들은 얼마 가지 않아 그것이 전에 없던 새로운 개념의 게임이라는 걸 알게 됐다. 화성의 진일보한 인공지능에 의해 구동되는 미르난데는 게임 속 세상이자 시스템 자체였다.

미르난데는 사람들을 가상현실 세계로 안내해 직접 게임을 펼치게 했다. 학습된 정보를 바탕으로 참가자마다 다르게 반응하도록 이야기를 확장하고, 그 모든 이야기를 엮어 결말에 이르게 했다. 21세기 수준에 머물러 있는 지구의 것이 아닌 화성의 강(强)인공지능 기술이기에 가능했다.

사람들은 급격히 미르난데에 빠져들었고 지구 정부는 미르난데를 통해 사람들을 진정시키며 체제를 유지했다. 무엇보다 미르난데의 최종 우승자나 팀에게는 부와 명예 그리고 화성 이주권이 주어졌다. 우승자를 배출한 도시에도 혜택이 이어졌다.

어리고 젊은 사람만 참가할 수 있는 미르난데. 그것을 선물한 화성 정부의 메시지는 분명했다. 화성에 어울리는, 능력과 자질을 갖춘 젊은이만 받아들이겠다는 것. 그 메시지는 희망 없이 버티고 있는 지구의 젊은이들에게 먹혔다. 전 세계 1020 세대가 일 년에 한 번 주어지는 화성 이주권을 잡으려고 몰려들었다. 정부에 대한 반발은 잦아들었고, 미르난데 우승은 모든 젊은이의 꿈이 되었다. 그들에게 미르난데 우승은 낙원행 열차를 탈 수 있는 단 하나의 티켓인

셈이었다. 결과적으로 화성의 회유책은 대성공이었다.

참가자 전용 입구는 무장한 군인들이 지키고 있었다. 참가자를 보호하려는 건지 혹시 모를 소요를 막으려는 건지 알 수 없었다. 한나는 자신이 온 이유를 말하고 로비로 안내받았다. 시청에서 본 미르난데위원회 직원들이 한나가 참가자임을 확인한 뒤 대기실로 안내했다. 그곳에는 스무 명이 넘는 참가자가 모여 있었다. 이십 대는 없었고 모두 십 대였다.

한나는 다른 참가자들처럼 어슬렁거리며 기다렸다. 그 뒤로도 참가자가 늘어나 어느새 오십여 명이 되었다. 세 시가 되자 갈색의 화성 정장을 걸친 남자가 들어왔다. 미르난데위원회 소속 감독관이었다.

"반가워요, 여러분! 제 이름이 궁금하지 않나요?"

그는 참가자들 앞에서 혼자 썰렁하게 웃더니 자신을 '정직한 크랙'이라고 소개했다. 정직함을 최우선으로 여기는 경기 감독관이라는 뜻이라고 했다.

"여러분은 입장권을 거머쥔 행운아들이에요. 오늘부터 펼쳐질 미르난데에서 각자의 캐릭터를 만들고, 재기를 드러내 각 단계를 뛰어넘고, 용기를 내 도전에 맞서고, 거기에 약간의 행운이 따라준다면 이 도시에서도 영웅이 나올 수 있어요. 영웅들 가운데 우승자가 있다는 건 자명한 사실이고! 바로 여러분 중 한 명이 우승자가 될 수도 있답니다."

참가자들이 환호성을 지르며 좋아했다. 한나는 그런 분위기가 어색하기만 했다.

정직한 크랙 씨는 날카로운 목소리로 첫 참가자들을 위한 기술적 개념을 알려주고 새 시즌에 추가된 것들을 소개했다. 사방의 모니터에서 그의 설명을 시각화한 영상이 함께 보였다.

그동안 선주에게 배우기는 했어도 이해되지 않던 부분들이 크랙 씨의 설명과 영상을 보니 어느 정도 이해되었다.

"미르난데의 영웅이 될 준비가 됐나요? 그럼 플레이 룸으로 이동할까요?"

참가자들이 직원을 따라 여러 통로로 흩어졌다. 계단을 내려가는 걸 보니 플레이 룸은 지하에 있는 듯했다. 복도를 따라가며 직원들이 참가자들을 한 명씩 각자의 공간에 들여보냈다.

사람들을 따라가던 한나는 시청에서 옆줄에 서 있던 어린 남자아이를 발견했다. 용케 출전권을 딴 모양이었다.

한나는 반가운 마음에 말을 걸었다.

"몇 살이야, 너는?"

"아홉 살이요."

"와, 너 진짜 대단하다."

더는 뭐라고 말해야 할지 몰라서 한나는 그냥 행운을 빈다고 했다. 아이가 자신감 가득한 얼굴로 씩 웃었다.

"누나도 행운을 빌어요."

한나의 플레이 룸은 맨 끝 방이었다. 한쪽에 제어실이 있고 천장에는 처음 보는 기계가 달려 있었다. 그 외에는 모두 녹색 벽이었다.

한나는 엔지니어의 안내에 따라 경기복으로 갈아입었다. 한나가 처음 보는, 일상에서는 볼 수 없는 나노 슈트였다. 엔지니어가 슈트 안쪽의 나노 섬유가 참가자의 신체 반응을 체크하고 외부 반응을 전달한다고 설명해주었다. 이어 천장의 기계를 내려오게 해 한나에게 연결했다. 엔지니어는 '신체 제어기'라고 지칭했지만 한나가 보기에는 꼭 전갈 같았다. 양쪽으로 관절 팔이 두 개씩 펼쳐졌고 뒤로 뻗은 척추관절이 더 길었기 때문이다. 꼬리 집게를 곧추세운 전갈.

엔지니어가 그것을 한나의 허리와 팔다리에 연결했다.

"한번 뛰어봐요. 움직임이 어때요?"

가벼웠다. 전혀 무게가 느껴지지 않았다. 뛰는 대로, 팔다리를 휘젓는 대로 움직이는 걸 보니 한나의 움직임을 보조해주는 것 같았다.

엔지니어는 한나에게 행운을 빈다고 말하고는 제어실로 들어갔다. 그러자 이내 주위가 어두워지고 벽에 화면이 투사되며 바깥 상황이 보였다.

콜로세움 관중석과 아래 경기장까지 사람들이 가득했다. 중앙 무대에서는 시장이 미르난데의 새로운 시즌 개막 연설을 하는 중이었다.

"바로 오늘, 우리 시의 축제, 모든 도시의 축제, 전 지구의 거대한 축제가 열립니다!"

관중들이 박수와 함성으로 열광했다. 한나가 있는 공간까지 함성이 채워졌다.

"오늘 우리 시의 오십오 명의 아이들이 미르난데 개척에 나섭니다. 그곳에서 난관을 뛰어넘고 영웅이 되어 우리 시에도 부와 권력을 가져다줄 것입니다. 이번 시즌 동안 우리 아이들이 거두는 성과는 우리 시를 한 발짝 더 도약하게 할 것입니다!"

순간 등이 따끔했다. 신체 제어기를 통해 약물이 주입된 듯했다. 선주가 알려준 적 있었다. 미르의 눈물, 다들 그렇게 부른다고 했다.

화성에서 개발된 미르의 눈물은 참가자의 생체반응을 미르난데 시공간과 동기화한다. 관중들은 현실에서 몇 시간 동안 지켜볼 뿐이지만 참가자들은 미르난데에서 며칠, 몇 달의 시간을 경험하게 된다.

한나가 이해한 게 맞다면 참가자들은 슈트와 신체 제어기 그리고 미르의 눈물 덕분에 미르난데를 완벽하게 체험할 수 있었다. 미르의 눈물로 게임 속 시공간을 실제처럼 느끼고, 전갈 같은 기계들은 그곳을 마음껏 뛰어다닐 수 있게 해준다. 슈트는 그 안에서 느끼는 모든 감각을 전달해줄 것이다.

"저는 우리 아이들을 믿습니다. 이번 시즌에, 우리 시에서 미르난데의 새로운 영웅이 탄생할 것입니다!"

나노 슈트의 목 접합부에서 마스크가 자라나 입과 코, 귀, 눈을 차례로 가렸다. 주위가 온통 새카맸다. 이제 미르난데 세상을 보고 들을 수 있었다. 피 냄새를 맡고 비명을 들을 수 있었다. 불현듯 전율이 일었다. 온몸이 긴장하며 심장이 빠르게 뛰기 시작했다.

한나는 숨을 크게 들이쉬며 자신을 추슬렀다.

"이제 모든 준비가 끝났다고 합니다. 그럼 지금부터, 올해의 미르난데를 시작합니다!"

갑작스러운 침묵과 정적이 찾아왔다. 시장의 모습과 관중의 함성이 사라졌다. 어둠 속에 한나만 남았다.

한나는 되뇌었다. 이제 시작이야, 지금부터 사람들이 나를 지켜볼 거야. 그리고 다짐했다. 죽지 않을 거야, 그래서 꼭 할머니 약을 구할 거야.

그때 어둠 속에서 뭔가가 움직였다. 알 수 없는 문자와 숫자들이 빠르게 점멸하며 눈앞을 지나갔다. 이어 멀리서 작고 하얀 점이 나타났다. 점은 점차 커지더니 이내 위압적으로 한나를 향해 달려들었다.

사방이 하얘졌다.

첫 번째 세상

나는 아주 넓은 초원 위에 서 있다. 서쪽 지평선 위로 부서진 쿠키처럼 생긴 새벽달이 기우는 중이다. 반대편에는 자줏빛 여명이 밝아오고 있다.

멍하니 선 채로 감탄한다. 처음 보는 풍경인데도 어딘가 익숙하다.

미르난데가 가상현실의 세계라는 걸 알지만 전혀 그렇게 느껴지지 않는다. 공기는 깨끗하고 무릎까지 자란 풀을 눕히며 휘몰아치는 바람은 싱그럽기 그지없다. 이 정도로 생생할 거라고는 상상하지 못했다.

마음에 든다.

문득 뭔가가 스쳐 지나간다. 돌아보니 사람이다. 이어 다른 사람이, 또 다른, 더 많은 사람이 내 주위를 달려간다. 어디서 나타났는지, 어디로 향하는지 모르지만 족히 수천

명은 될 것 같다. 다들 사방으로 흩어져 달려가고 있다.

나는 상황을 파악한다. 미르난데가 시작된 거다. 사람들은 자신이 가야 할 곳으로, 가고 싶은 곳으로 향하고 있는 것이다. 미션을 위해서.

나는 어디로 가야 하지?

사람들이 향하는 곳들을 살피다 뭔가 발견한다. 사방에 목표들이 보인다. 어떤 것은 거대한 성이고 다른 곳은 큰 마을인 듯하다. 초원이 끝나는 곳에는 바다가 있는지 항구가 아른거린다.

나는 그곳들을 살피다, 비교적 가까운 호숫가로 달려간다. 호숫가 근처 마을 초입의 바위에 새겨진 글을 보고 마을의 역할을 파악한다. 하야로비 마을. 수많은 시작 장소 중 한 곳이다.

마을로 들어가기 전에 먼저 나 자신을 파악한다. 별반 다르지 않다. 현실에서의 내 모습 그대로다. 맨발에 낡은 모직 옷을 걸쳤을 뿐이다. 주머니를 뒤져보니 앞면에는 용 문양, 반대쪽에는 M 자가 거칠게 주조된 동전 하나가 나온다. 미르코인이다.

이것은 종잣돈이다. 크랙 씨에 따르면, 코인은 각자의 경험과 능력에 따라 가치가 달라지고 그에 걸맞은 아이템을 살 수 있다. 지금 내 미르코인은 가치가 낮다.

마을로 들어가니 처음부터 길이 갈라진다. 어디로 가야 할까 고민하다 길가에 핀 꽃을 발견한다. 처음 보는, 이름을 알 수 없는 보라색 꽃이다.

신기해서 꽃을 살피다 그쪽 길을 따라간다.

거리마다 먼저 도착한 사람들로 가득하다. 칼을 든 검투사부터 마법사, 상인, 농부, 나처럼 캐릭터가 없는 평범한 사람들까지. 다들 바쁘고 활기차게 움직인다.

그들을 지켜보며 의아한 생각이 든다. 미르난데에는 십 대와 이십 대만 참가하는데 사람들의 외모는 어떻게 아이부터 노인까지 다양한 걸까? 아마도 경험과 능력치에 따라 외양이 다르게 바뀌는 듯하다. 다들 직업과 신분에 맞게 행동하고 그에 어울리는 말투를 쓴다. 정말 실감 나는 세계다.

흥미로운 건 '이름 없는 자'들이다. 작은 몸집에 회색 로브를 걸친 이들이 후드를 눌러쓴 채 돌아다닌다. 그들은 능력치가 아직 측정되지 않아 정체성을 갖지 못한 참가자들이다. NPC 수준이라 성별도 얼굴도 구분되지 않는다. 후드 속에서 퀭한 눈동자만 드러낼 뿐이다. 이름 없는 자들은 경험과 능력이 쌓여야 자신의 모습을 드러낼 수 있다.

시작 단계부터 서로 다른 모습인 건 1인 게임의 결과일까? 내가 그나마 온전한 모습인 걸 보면 미르난데가 나를 나쁘게 평가하지는 않은 것 같다.

주변에는 벌써 좌판을 벌이고 흥정하는 장사치나 가게를 개업한 이들도 있다. 그들 사이로 사람들이 오간다. 여기서 뭘 해야 하지?

한동안 지켜보지만 아무 일도 일어나지 않는다. 어떻게 할까 생각하다가 늘어선 가게 중 선술집에 들어가보기로 한다. 지금 아니면 언제 술집에 들어가보나 싶어서다.

술집 안에도 사람이 많다. 나는 기죽지 않으려 애쓰며 바 구석 자리에 앉는다. 배불뚝이 주인이 오늘은 첫날이라 공짜라며 맥주잔을 건넨다. 호기심에 한 모금 마셔볼까 하다가 맥주잔을 방패 삼아 곁눈질로 사람들을 살핀다.

그때 한 아이가 다가와 내 곁에 앉는다. 내 또래로 보이는 아이는 소매가 없는 흰 로브를 걸치고 손바닥만 한 얇은 책자를 들었다.

나는 애써 모르는 척하려는데, 아이가 나를 보고 헤죽 웃는다.

"나는 도래솔이라고 해. 너는 정체가 뭐냐?"

내 캐릭터를 묻는 것 같다. 나는 외면하고 딴청을 피운다. 나도 나를 뭐라 설명해야 할지 모르기 때문이다.

아이가 비웃듯 말한다.

"척 보니 너 초짜구나? 너 미르난데는 처음이지?"

어쭈. 기분이 상한 나는 녀석을 흘겨본다.

"보아하니 아직 아무 캐릭터도 얻지 못한 것 같은데."

"네가 무슨 상관인데?"

"역시 처음이네. 내 눈은 못 속이지."

아이는 저 혼자 웃더니 충고하듯 말한다.

"여기선 흥정이 최우선이야. 그러면서 동료를 찾거나 정보를 얻는 거지. 너처럼 꽁하니 앉아만 있다가는 경험치를 쌓을 수 없어."

나는 더 꽁해져 도래솔이라는 아이를 쏘아본다. 맞는 말 같기는 한데, 처음인 걸 들킨 것 같아 자존심이 상한다.

내 표정을 읽었는지 도래솔이 낄낄댄다.

"너도 친구를 찾는 거지? 너처럼 캐릭터가 없으면 힘드니까. 아무래도 동료가 있는 게 낫지."

나는 잘난 척하는 녀석이 슬슬 거슬린다.

"그래서 말인데, 내 밑에서 이 세계를 배워보는 거 어떠냐? 이래봬도 난 미르난데에 세 시즌 연속으로 참여했고 네 번째 세상까지 가본 전도유망한 마법사라고. 너한테 큰 도움이 될걸?"

나는 아이를 빤히 보다가 말한다.

"꺼져줄래?"

황당해하는 표정을 보니 한 방 먹인 것 같아 우쭐해진다. 나는 멍청하게 쳐다보는 아이를 무시하고 밖으로 나간다.

현실이든 가상 세계든 저런 애들이 밥맛인 건 똑같다.

걸으면서 생각한다. 어쨌거나 그 아이의 말이 맞다.

나 같은 어설픈 참가자는 정보를 얻어 계획을 세워야 한다. 그렇지 않으면 오늘이 끝나기도 전에 죽어버릴 것이다. 아무것도 얻지 못하고 탈락할 게 분명하다.

그럼 어떻게 하지? 그 아이 말대로 먼저 동료를 찾아야 할까? 하지만 어떻게? 그 녀석처럼 건방진 동료는 싫은데.

그때 누군가 어깨를 툭 치고 지나간다. 돌아보니 내 또래의 남자아이다. 아이는 나를 돌아보더니 씩 웃으며 걸어간다. 뭐지? 안 좋은 예감에 주머니를 뒤져본다.

미르코인이 없다.

"거기 서!"

내가 소리치자 녀석이 킬킬대며 도망친다. 나는 녀석을 쫓아간다.

왠지 모르지만, 녀석이 나를 갖고 노는 것 같다. 속도를 높였다 줄이면서, 내가 쫓아오는지 확인하며 도망친다. 화가 치민 나는 골목 안까지 녀석을 쫓아간다. 막다른 골목이다.

그제야 나는 알아차린다. 함정이다. 녀석이 나를 일부러 유인한 것이다. 아니나 다를까, 녀석이 내 동전을 허공에 튕기며 말한다.

"이거 찾아?"

"내놔, 이 도둑놈아."

나는 다가가지 않고 소리친다. 녀석의 속임수에 빠질 생각이 없기 때문이다. 그렇다고 하나뿐인 코인을 빼앗길 생각도 없다.

"와서 가져가보지 그래? 용기가 있다면."

"내가 너 같은 좀도둑을 무서워할 것 같아?"

"그런 것 같은데?"

저 못된 놈이. 나는 어떻게 할까 하다가, 주위에 숨어 있는 자가 없다는 걸 확인하고는 근처에 떨어진 장작개비를 집어 든다.

녀석이 다시 낄낄댄다.

"뭐냐? 그걸로 때리려고? 우리 폭력적이 되지는 말자고."

"네가 모르나 본데, 내가 아주 폭력적이거든?"

그때 뭔가가 내 발목을 움켜쥔다.

화들짝 놀라 내려다보니, 그림자가 일어서며 나를 뒤덮고 있다. 내 무릎을 적시고 상체를 까맣게 물들이며 점점 자라난다. 그러는 동안 나는 꼼짝도 할 수 없다. 앞에서 재미있어 하는 좀도둑 곁에 어느새 도래솔이 나타나 서 있다.

놈들은 한패였다. 처음부터 나를 노린 것이다.

"너희, 나한테 무슨 짓을……."

어느새 검은 그림자가 얼굴까지 뒤덮어 나를 어둠 속에 가둔다.

새카만 정적. 두려움과 그보다 더한 공포가 온몸을 휘감는다. 나는 이를 악문다. 저런 건방진 녀석들한테 당하지 않겠다고 결심한다. 두려움 속에서도 악을 쓰며 몽둥이를 휘두른다.

"아야."

어둠 속에 누군가 있다. 나는 풀어달라고 소리치며 계속 몽둥이를 휘두른다. 그러자 다급한 목소리가 들려온다.

"알았어, 그만해. 그만 때리라고!"

어둠이 걷히며 다시 앞을 볼 수 있게 된다. 내 앞에는 검은 옷의 아이가 서 있다. 큰 키에 곱상한 얼굴을 한 아이는 한쪽 팔을 만지며 아파한다.

나는 용서할 마음이 없다. 다시 몽둥이를 치켜든다.

"나를 어떻게 한 거야, 이 나쁜 놈아!"

검은 옷이 내 몽둥이질을 피하며 두 손을 내젓는다.

"어떻게 하려는 게 아니었어! 정말이야, 놀랐다면 미안해."

좀도둑과 도래솔이 쫓아와 나를 말린다. 도둑은 미르코인을 돌려주며 사과한다.

나는 씩씩대며 눈을 부라린다.

"말해봐, 왜 나를 여기로 유인해선 이런 못된 장난을 친 건데?"

"그냥 너를 시험해본 거야."

"시험?"

도래솔이 해명하는 걸 들어보니 자기들과 팀을 이룰 사람을 찾고 있었단다. 마침 도래솔이 술집에서 나를 발견해 떠보고, 좀도둑이 나를 유인하고, 검은 옷의 아이가 마술인지 뭔지 모를 것으로 나를 시험한 것이다.

검은 옷이 나를 향해 웃으며 말한다.

"내 어둠에 갇히고도 쫄지 않은 사람은 네가 처음이야. 반가워, 난 섀도라고 해."

"너는 내가 반가울 거라고 생각하니?"

내가 쏘아보자, 도래솔이 제 친구들에게 말한다.

"내가 말했지, 선술집에서 발견했을 때 보통이 아닌 것 같았다고. 지금 보니 배짱도 두둑한데?"

좀도둑이 거든다.

"우리 친구로 딱이야, 그렇지 않냐?"

"맞아, 마음에 들어. 넌 어때?"

"내가 제일 처음 발견했다는 거 잊지 마."

허. 나를 두고 자기들끼리 떠드는 녀석들을 보자니 어이가 없다.

도래솔이 나를 돌아보더니 능글맞게 웃는다.

"좋아, 이제 정식으로 제안할게. 우리는 너를……."

나는 녀석의 말을 가로챈다.

"나는 너희가 진짜 마음에 안 들거든?"

세 녀석의 얼굴에 난처함이 새겨지더니, 어쩔 줄 몰라하며 내 눈치를 본다.

나는 그런 녀석들을 잠시 즐기다 새침하게 덧붙인다.

"그래서, 내가 너희 시험에 통과한 거야?"

팀플레이

의도치 않게 친구들이 생겼다. 미르난데에서는 동료를 '친구'라고 부른다. 적들은 '다른 친구'라고 부른다고 한다. 그런 단어가 화성에 대한 지구인의 위화감을 줄여준다는 것이다.

첫인상이 좋지 않았지만 그렇다고 나쁜 애들은 아닌 것 같다. 제멋대로 굴고 시끄러운 아이들인데, 그건 내 또래 남자애들이면 다 그렇다.

무엇보다 경험과 능력이 나보다 좋은 애들이다. 아직은 초보인 듯하지만 마법사인 도래솔, 손기술이 좋은 도둑 맨디, 가장 능력이 좋아 보이는 섀도까지. 아이들은 몇 시즌 전부터 미르난데에 참가하며 능력을 키워왔다고 한다.

나는 섀도에게 어떻게 그런 어둠 속에 나를 가둘 수 있었는지 묻는다. 이곳에서는 그런 마법이 가능한 걸까.

섀도가 부끄러워하며 말한다.

"별건 아니지만 나는 작은 어둠을 펼칠 수 있어. 어둠이 내 본령이거든."

"본령? 그게 뭐야?"

아이들이 설명하기를, 미르난데에서 캐릭터를 계속 키워나가다 보면 본령을 갖게 된다고 한다. 본령은 일종의 캐릭터 정체성이며 능력과 경험치 그리고 스토리에 영향을 끼친다는 것이다.

나는 그런 능력을 가진 섀도가 대단해 보인다. 그리고 내가 아이들에게 방해가 되는 건 아닐까 걱정이 된다. 그런 때가 오면, 나는 아이들을 떠나겠다고 다짐한다. 아이들의 도움은 받겠지만 방해가 되고 싶지는 않다. 그런 건 죽어도 싫다.

나는 아이들을 따라 장터로 향한다. 장터 한쪽에 나무 벽이 늘어서 있고 크고 작은 벽보들이 붙어 있다. 그 앞에 사람들이 가득하다.

우리는 사람들 사이를 비집고 들어가 벽보들을 살핀다. 가출한 반려 고양이를 찾아달라는 부탁부터 매일 폭력을 행사하는 아내에게 복수해달라는 남편의 청부, 농지를 파헤치고 염소를 잡아가는 멧돼지 떼를 처리해달라는 민원,

동쪽 도적단 임모르탄이 딸을 납치해 갔다며 구해 오는 자에게 포상하겠다는 방까지 다양하다.

나는 참가자들이 어떻게 미션을 찾아 수행하는지 알게 된다.

도래솔이 벽보 하나를 가리키며 말한다.

"이게 적당하겠다."

트롤을 처치해주세요!

우리 농장 뒤편 아라라트산에는 트롤 한 마리가 살고 있는데요. 우리 아빠가 그 트롤 때문에 골치를 앓고 있어요. 녀석이 일주일에 한 번씩 내려와 농장의 닭들을 잡아가거든요. 그래서 아빠의 고민을 해결해주실 분을 찾아요.

그 괘씸하고 못된 트롤을 죽여주세요!

녀석을 죽여주시는 분께는 우리 자매가 그동안 모은 43코인을 사례할게요. 트롤 따위 겁내지 않는 용감한 용사님을 찾아요!

— 아빠를 사랑하는 일곱 자매가

트롤이라고? 내가 알고 있는 그 괴물? 그렇다면 내 능력으로는 벅찬 상대다. 맨디도 첫날인데 무리하지 말자고 한다. 섀도도 트롤보다는 멧돼지를 잡는 게 쉬울 거라고 거든다.

도래솔이 주장을 고집한다.

"내가 노리는 게 바로 그거야, 트롤이라는 착시. 확실히 트롤은 시작 마을에서 상대하기에 벅찬 상대지. 하지만 다들 그렇게 생각한다는 게 함정이야. 내가 봤을 때, 이 첫 번째 세상에서 사는 트롤은 대단한 놈이 아닐 거야. 이건 기회라고."

나는 반발한다.

"아무리 그래도 트롤은 트롤이야. 대단하지 않을 거라는 근거 있어?"

도래솔이 아주 자신 있다는 투로 말한다.

"이 도래솔의 추리에 의하면 말이지. 이 트롤은 멧돼지처럼 염소를 잡아가는 게 아니라 고작 닭이나 훔치는 놈이라는 거야. 크고 무서운 놈이면 분명 더 큰 가축을 사냥했겠지. 일주일에 한 번 닭이나 훔쳐 가는 녀석은 어린 트롤이거나 우리가 충분히 상대할 만한 작은 놈일 거란 말이야."

맨디와 섀도가 서로 보더니 고개를 끄덕인다.

"일리 있다. 상식적으로 첫 세상에 등장하는 트롤이라면 참가자들이 상대할 수 있는 놈일 거야."

"사람들은 트롤이라는 사실만으로 이 미션을 피할 거고.

그걸 노리는 것도 나쁘지 않겠어."

나는 좀 더 우겨볼까 하다 경험자들의 말이니 따르기로 한다. 우리는 트롤을 사냥하러 아라라트산으로 향한다.

아라라트산은 호수 끝에 맞닿아 있는 산이다. 산 밑자락에 농가들이 펼쳐져 있고 그 위로 해오라기가 한가로이 날아다닌다. 평화로운 곳이다.

산을 오르면서 아이들은 지금부터 긴장해야 한다고 알려준다. 미르난데는 아름다운 풍경 속에 뜻밖의 이야기를 숨겨놓는다는 것이다. 그렇지 않아도 나는 긴장되고 트롤이 과연 어떻게 생겼을지 걱정된다.

그러나 트롤을 찾기가 쉽지 않다. 맨디가 투덜댄다.

"생각해보니 트롤은 야행성 아냐? 지금쯤 굴에서 자고 있을걸? 밤까지 기다려야 해."

"일단 정상까지 가보자. 주변을 살핀 다음 다시 계획을 세우는 거야."

도래솔의 말에 우리는 계속 올라간다. 경사와 평지가 반복되고 바위들 사이로 좁은 길이 나타나더니, 어디선가 노랫소리가 들려온다.

우리는 걸음을 멈추고 노래에 귀를 기울인다. 변성기가

오지 않은 소년의 아름다운 미성이다. 우리는 목소리의 실체를 찾다가 바위에 기어올라 너머를 살펴본다.

미션이 있다. 바위들 사이에 분지가 형성되어 있는데, 거기에 족히 3미터는 되어 보이는 트롤이 앉아 있다. 주변에 닭 뼈가 쌓여 있는 것을 보니 우리가 찾는 트롤이다.

모닥불에 구워지는 닭 앞에서 어깻짓하며 노래하는 트롤의 모습이 낯설다. 소년의 목소리에 장난기 가득한 표정이 귀엽기까지 하다. 내가 상상한 트롤은 저런 모습이 아니었다.

트롤이 식사하는 걸 지켜보며 우리는 소곤소곤 계획을 세운다.

"목표는 찾았고, 이제 저놈을 어떻게 죽이지?"

맨디의 말에 내가 말한다.

"꼭 죽여야 해?"

다들 나를 돌아본다. 무슨 뜻이냐고 묻는 것 같다.

당황한 나는 자신 없는 목소리로 말한다.

"그러니까, 저 귀여운 트롤을 죽여야만 하냐고. 그냥 다른 미션을 찾으면 안 돼?"

아이들의 눈이 커지며 한마디씩 떠든다.

"네 눈엔 저 트롤이 귀여워 보여? 취향이 독특하구나."

"다른 미션이라니? 여기까지 와서 다시 장터로 내려가 다른 미션을 찾자고?"

"그럼 너무 늦어. 다른 사람들은 이미 미션을 끝냈을 거야."

나는 아이들을 설득한다.

"봐봐, 하는 짓이 영락없는 어린애잖아. 저런 트롤을 미션 때문에 죽이자고?"

"네 말대로 트롤은 트롤이야. 저놈을 잡아야 다음 세상으로 넘어갈 수 있다고."

도래솔의 말에 나는 기분이 상한다.

"그러니까 네 말은, 미션을 위해서라면 무슨 짓이라도 하겠다는 거구나?"

아이들이 이번에는 어이없단 듯 쳐다본다. 나는 실수했다는 걸 깨닫는다. 이 아이들, 심지어 나조차도 미션을 깨기 위해 이 세상에 와 있는 것이다. 나는 어떻게 수습해야 할지 난감하다.

"트롤?"

우리는 소리 나는 쪽을 돌아보다 기겁한다. 맨디는 비명을 지르다 바위 아래로 굴러 떨어지고 만다.

바위 위로 커다란 머리가 우리를 내려다보고 있다.

"트롤 찾아? 나 트롤."

중저음의 느릿한 목소리가 노래하던 것과 딴판이다. 위압적인 울림에 몸이 다 떨릴 지경이다. 우리는 얼어붙은 채 어쩔 줄 모르는데, 길가로 떨어진 맨디가 돌멩이를 던진다.

이마에 돌을 맞은 트롤이 커다란 손으로 얼굴을 긁적이며 눈알을 돌린다.

"이 못생긴 놈아! 여기야, 여기라고!"

맨디가 다시 돌을 던지며 소리쳤다.

"너희 뭐 하고 있냐? 도망쳐!"

그제야 우리는 바위 밑으로 미끄러지고 뛰어내린다. 트롤이 바위를 넘어 우리를 쫓아온다.

"트롤 술래잡기 좋아해."

도래솔과 섀도와 나는 앞에서 도망치는 맨디를 쫓아간다. 그러면서 돌아보니 경쾌하게 쫓아오던 트롤이 걸음을 멈추는 게 보인다.

뭐지? 나도 걸음을 멈추고 트롤을 살핀다. 트롤의 허벅지에 화살이 하나 꽂혀 있는데, 녀석이 그걸 쑥 뽑아 살핀다. 이게 뭐야? 하는 것 같다.

그때 다시 화살이 날아와 가슴에 박힌다. 트롤이 끙 소리를 내며 다시 화살을 뽑아 살피고 괴성을 지른다. 이제 누가 봐도 화난 게 분명하다. 녀석이 곁에 있는 바위를 집어 들어 나를 향해 던진다.

엄마야! 내 위로 날아간 바위가 섀도 근처에 떨어진다. 나는 다시 도망친다. 화가 나 쫓아오는 트롤은 어린애든 뭐든, 트롤은 트롤인 게 분명하다.

나는 아이들을 쫓아가며 소리친다.

"누가 화살을 쏜 거야?"

"난 아니야. 우리는 무기가 없어."

섀도가 말하더니 앞쪽 도래솔에게 소리친다.

"네 예상과 다르잖아! 계획이 무작정 도망치는 거야?"

"2보 전진을 위한 1보 후퇴라고 생각해!"

그때 맨 앞에서 맨디가 낭떠러지가 있다고 소리친다. 우리는 그쪽으로 쫓아가고, 트롤의 몸에는 어느새 서너 개의 화살이 박혀 있다. 대체 누가 쏘는 거지?

헐떡이며 쫓아 올라가니 아이들이 보이지 않는다. 앞은 절벽이고 뒤에는 트롤이 쫓아온다. 나는 두려워지며 아이들을 찾는데, 수풀에서 맨디와 도래솔의 목소리가 들린다.

"움직이지 마. 그대로 있어."

"아니, 움직여. 벼랑 끝으로 가."

나는 녀석들의 의도를 간파한다. 나더러 미끼가 되라

고? 방법은 있는 거야? 나는 반신반의하면서 절벽 끝으로 간다.

쫓아온 트롤이 나를 향해 포효한다.

"트롤 아파. 너 나빠."

"잠깐만. 우리가, 내가 화살을 쏜 게 아니야."

"거짓말쟁이, 나쁜 아이."

트롤이 곁에 있는 작은 소나무를 쑥 뽑아낸다. 녀석에게는 작지만 내게는 충분히 크다. 피해야 한다는 걸 알면서도 몸이 굳어 움직이지 못한다. 다가오는 트롤을 보며 떨기만 하는 그때였다.

다리 밑에서, 그림자가 나를 감싸며 올라오기 시작한다. 섀도다. 어둠 속에서 "움직이지 마, 몸의 힘 빼고"라며 속삭이는 소리가 들린다. 나는 왠지 모를 안도감에 시키는 대로 한다.

섀도는 어둠으로 나를 천천히 감싸더니, 트롤이 나무를 휘두르는 찰나에 맞춰 휙 어둠으로 뒤덮어 나를 안고 피한다. 암흑에 갇힌 나는 볼 수 없지만 섀도의 체온과 숨결을 느낄 수 있다. 그리고 소리가 들린다. 보이지 않는 우리를 향해 마구잡이로 나무 휘두르는 소리. "나빠, 나빠!" 하는 화난 목소리. 우당탕 넘어지는 소리와 멀어지는 비명.

섀도가 나를 어둠에서 풀어준다. 어느새 곁에 도래솔과 맨디가 서 있다.

아이들이 외친다.

"우리가 해냈어, 미션에 성공했다고!"

"이건 우리 팀플레이의 승리야!"

나는 비로소 절벽 아래를 살펴본다. 50미터쯤 아래에 죽어 있는 트롤이 보인다. 우리가 트롤을 잡은 것이다.

야바위

트롤을 잡았다고 생각하는 건 우리만이 아니었다. 절벽 아래로 내려가니 죽은 트롤 주위에 네 명의 남자가 모여 있다. 칼과 창, 철퇴를 든 험악한 인상의 산적들이다.

도래솔이 호기롭게 그들 앞으로 나선다.

"우리가 잡은 트롤 앞에서 뭐 하는 거예요?"

근육질의 남자가 말한다.

"너희가 잡았다고?"

보아하니 산적 두목인 듯한데, 그는 우리를 위아래로 훑어보더니 트롤이 자기들 거라고 주장한다.

"너희 꼬맹이들이 트롤을 죽였다고 누가 그래? 이놈은 저 위에서 떨어져 죽은 거야."

"트롤을 떨어뜨린 게 우리라고요."

"그래? 고생했네. 그렇지만 시체를 먼저 발견한 사람이

임자지."

"누구 마음대로요? 트롤은 처음부터 우리의 목표였다고요."

맨디가 나서며 반발하고 섀도도 곁에서 인상을 쓴다. 그러자 산적들이 앞으로 나와 아이들과 대치한다. 친구들과 산적들 사이에는 묘한 긴장이 흐른다.

나는 어떻게 해야 할지 몰라 그저 보기만 하는데, 그때 죽은 트롤의 몸에 화살이 날아와 박힌다.

사람들이 놀라 서로를 보고 주위를 살핀다. 우리가 내려온 산길에서 남자 셋이 모습을 드러낸다. 가죽옷에 단검을 차고 등에는 활과 화살통을 맨 사냥꾼들이다.

나는 트롤에게 화살을 쏜 게 저들이라는 걸 눈치챈다.

"남의 사냥감을 두고 왜 당신들이 다투지?"

사냥꾼 중 하나가 다가온다. 얼굴에 짓궂은 표정이 가득한 남자다.

"트롤 몸에 박힌 화살들이 안 보이시나? 녀석을 죽인 건 우리 '여명의 사냥꾼들'이라고."

"무슨 소리, 트롤이 고작 화살 몇 대로 죽을 것 같아요?"

도래솔이 다시 나선다.

"트롤은 우리가 저 위에서 떨어뜨려 죽인 거라고요."

"말보다는 화살이 명백한 증거지. 날로 먹으려는 산적 양반은 빠지시고."

이번에는 산적 두목이 나선다. 트롤을 발견했을 때 살아 있었다면서, 자기들이 마지막 숨통을 끊었다고 한다. 그러니 트롤은 자신들 거라고 우긴다.

산적들의 목소리가 커지자 사냥꾼들의 목소리는 더 커진다. 도래솔도 지지 않고 목소리를 높인다. 도래솔은 어른들 사이에서 기죽지 않고 우리의 리더 역할을 하고 있다.

사람들 감정이 격해지더니 기어이 각자의 무기를 빼 든다. 사냥꾼들이 활시위에 화살을 메기고 산적들도 무기를 치켜든다. 무기가 없는 나와 친구들만 당황해서 어쩔 줄 모른다.

"잠깐만요!"

내가 사람들 사이로 뛰어든다. 이대로 놔두면 큰일 나겠다 싶어서다.

"이렇게 다투는 건 서로에게 이롭지 않아요."

"아니, 이게 미르난데의 규칙이지. 어떻게든 미션을 완수하는 것. 아직도 깨닫지 못한 거야?"

이죽거리는 사냥꾼에게 내가 말한다.

"다른 방법이 있을 거예요. 이런 문제는 무기가 아니라

대화로 풀어야 해요."

"지금까지 뭘 본 거지? 대화와 실랑이는 끝났어. 이제 남은 건 칼뿐이지."

산적 두목이 사냥꾼들을 힐끔 보더니 덧붙인다.

"저쪽은 활이고."

그때 사냥꾼이 손을 든다.

"잠깐, 방법이 생각났어."

그가 여전히 짓궂은 표정으로 사람들을 둘러본다.

"여기 어린 친구 말대로 미르난데 첫날부터 피를 볼 필요는 없잖아. 우리 공평하게 내기로 정하면 어떨까? 내기에서 이기는 친구들이 저 트롤을 갖는 거야."

"어떤 내기요?"

도래솔의 말에 사냥꾼이 화살통 안에서 뭔가 꺼낸다. 작은 종지와 구슬이다.

"이건 내가 지난 시즌에 얻은 노획물이야."

사냥꾼은 사람들을 잘린 나무둥치로 데려가 편평한 그루터기 위에 그것들을 내려놓는다.

"이 자리에는 다른 친구들이 셋, 여기 작은 종지가 셋 그리고 구슬이 하나. 내가 이 종지 중 하나에 구슬을 숨기면 당신들이 그걸 찾는 거야."

뭐야, 저건 야바위잖아.

산적 두목과 도래솔이 자신 있다며 제안을 받아들인다. 내기의 실체를 간파한 나는 친구들에게 내가 하겠다고 말한다.

친구들이 망설이자, 나는 눈을 찡긋하며 말한다.

"내가 눈썰미가 좀 좋거든."

내가 앞으로 나서자 사냥꾼이 느긋하게 야바위를 시작한다. 뒤집은 종지 하나로 구슬을 덮고는 다른 종지들과 좌우로 앞뒤로 섞는다. 손놀림이 한눈에 야바위꾼이다.

"자, 골라보시지?"

산적 두목이 구슬이 든 종지를 찾지 못하고 우물쭈물 망설인다. 그사이 나는 주저하지 않고 가운데 그릇에 든 구슬을 골라낸다.

싱겁게 끝나버리자 산적들 얼굴이 굳는다. 친구들은 놀랍다는 듯 나를 다시 본다. 사냥꾼은 아예 얼굴이 하얘지더니 다시 하자고 한다.

나는 거절한다.

"왜 그래야 해요? 트롤은 이제 우리 건데?"

그가 막무가내로 우긴다. 예상 못 한 일격에 당황한 게 분명하다.

도래솔이 나서며 으름장을 놓는다.

"사냥꾼 아저씨, 내기를 제안한 건 그쪽이에요. 결과는 승복하는 게 규칙이죠. 규칙을 어기면 어떻게 되는지 아실 텐데요?"

그의 반칙과 비신사적 행동은 모두 미르난데에 기록되고, 이후 그의 스토리에 불리하게 반영될 것이다. 그것을 아는 그는 끄응 소리를 내더니 나를 째려본다.

"좋아, 그럼 다른 제안을 하지."

그는 자신이 또다시 지면 자기 아이템 중 하나를 내놓겠다고 한다.

"어떤 거요?"

"보아하니 넌 맨발이구나. 만약 네가 이기면 이 튼튼하고 멋진 가죽신을 줄게."

나는 그를 살피고는 말한다.

"그 튼튼하고 멋진 가죽옷도요."

"그건 너무 무리한 요구잖아."

"싫으면 관두시던가."

사냥꾼은 잠시 머리를 굴리더니 내 제안을 받아들인다. 이번에는 지지 않겠다는 자신감이 느껴진다. 그는 회심의 눈초리로 사악한 미소를 짓고는, 더 현란한 손놀림으로 종지를 섞기 시작한다.

"아까는 운이 좋았던 거다. 이번엔 눈을 부릅떠야 할걸? 자, 골라봐!"

나는 눈 하나 부릅뜨지 않고 구슬을 골라낸다.

튼튼하고 멋진 옷과 신발을 얻었다.

사냥꾼 얼굴에서 웃음기가 사라지더니 다시 하자고 제안한다. 이번에는 단검을 거는데, 상아로 장식된 손잡이가 멋진 단검이다.

"좋아요."

그가 씩씩대면서 더욱 현란하게 종지를 섞고는 나를 노려본다.

나는 구슬을 골라내고 상아 손잡이 단검을 얻는다.

"한 판 더!"

그의 활까지 내 것이 된다.

기어이 사냥꾼이 소리를 지르더니 방방 뛰며 나를 향해 험한 말을 쏟아낸다. 그러나 결국에는 패배를 인정한다.

산적 두목은 재미난 구경거리였는지 껄껄대며 내 눈썰미를 칭찬한다.

그때 머리 위로 뭔가가 지나가며 그림자를 드리운다. 올려다보니 커다란 것이 더 커다란 날개를 펼치고 날아간다.

용이다.

그것을 확인한 도래솔이 씩 웃으며 말한다.

"드디어 미션이 끝났어."

현실에서의 용사들

한나는 현실로 돌아왔다.

한동안 신체 제어기에 의지한 채 서 있었다. 현실처럼 생생한 미르난데에서 진짜 현실로 돌아오는 데는 시간이 필요했다. 엔지니어가 신체 제어기를 몸에서 분리한 뒤에야 비로소 정신을 차리고 슈트를 벗을 수 있었다.

복도로 나가자 다른 참가자들이 보였다. 아직 미션이 끝나지 않은 플레이 룸도 있는 것 같았다. 아이들을 따라 함께 대기실로 올라가는데 뒤에서 "비켜, 비켜!" 하는 소리가 들렸다. 구급대원들이 바퀴 달린 침대를 다급히 밀며 다가오고 있었다.

비켜주며 보니 침대에 어린아이가 누워 있었다. 미르난데를 시작하기 전에 한나와 이야기를 나눈 아홉 살짜리 남자아이였다. 아이는 흰자위를 드러낸 채 몸을 떨고 있었다.

쇼크 상태였다.

한나는 놀란 채 멀어지는 아이를 보기만 했다.

대기실에서는 크랙 씨가 돌아온 아이들을 맞이하고 있었다. 탈락한 아이들을 위로하고 현 단계를 유지하거나 다음 세상에 진출한 아이들은 칭찬해주었다.

크랙 씨는 한나를 발견하고는 따로 불러내 말했다.

"첫 세상에서 너 정도의 성과를 낸 아이는 많지 않단다. 단번에 그 많은 아이템을 얻다니."

그가 재미있다는 듯 웃었다.

"게다가 그 사냥꾼 친구는 두 시즌 전부터 캐릭터를 쌓아온 유망주였는데, 네가 아주 코를 납작하게 만들었지 뭐니. 한 판 더 했다가는 아예 탈락했을 거야. 스스로 포기했으니 다음 세상으로 갈 수 있었지. 아마 처음부터 다시 시작해야겠지만……. 어쩜 그렇게 눈썰미가 좋니? 비법이라도 있어?"

"그냥 운이 좋았어요."

그러면서 한나는 복도에서 본 아이에 대해 물었다.

"아, 그 아이는…… 안타깝지만 탈락이란다."

"어쩌다 그렇게 된 거예요?"

"시작하자마자 도시에서 칼에 맞고 강에 빠졌단다. 급류에 휩쓸려 떠내려갔지. 마지막에는 꽤 큰 폭포에서 떨어졌고.”

당혹스러워하는 한나의 표정에 크랙 씨가 안심시키듯 말했다.

“그 아이는 어렸고 자만심에 빠져 있었단다. 그런 경험을 한꺼번에 겪으니 심리적으로 무너진 거지. 걱정 마, 너 정도면 그런 일은 당하지 않을 테니. 실제 그런 사고가 일어날 확률은 2.24퍼센트밖에 안 되니까 안심해도 돼.”

한나는 말을 잇지 못했다. 그저 그를 노려보기만 했다.

집에 돌아온 한나는 잠을 이루지 못했다.

미르난데에서의 경험은 경이로웠다. 첫 세상에서 친구들을 만나 미션을 완수하고 다음 세상으로 진출한 것은 행운이었다. 분명 기쁜 일이었다.

하지만 한편으로는 혼란스러웠다. 미르난데가 사람들이 열광하는 모두의 축제가 아니라는 걸 깨달아서였다.

미르난데는 위험한 경기였다. 현실처럼 생생한 만큼 그 안에서 느끼는 감각과 충격도 실제였다.

크랙 씨에게도 화가 났다. 한나는 자신도 사고를 당할까 봐 두려운 게 아니었다. 정말 그 아이가 걱정돼서 물어본 거였다. 그런데 그 화성인은 별거 아니라는 듯 말했다.

2.24퍼센트라니. 지금 전 세계 젊은이들 대다수가 미르난데에 매달리고 있는데 그중 2.24퍼센트면 대체 몇 명인 건데?

한나는 사람의 목숨을 수치로만 생각하는 화성인이 미웠다.

그 아이는 어쩌다 그렇게 된 걸까. 자신만만하던 아이는 정말로 첫 세상부터 무모하게 달려들었던 걸까? 그래서 칼에 맞고 강에 빠지고 폭포에서 떨어지게 된 걸까? 미르난데에서의 리얼한 경험이 현실에 있는 아이의 몸에 영향을 미친 걸까?

한나는 미르난데에서 생생한 경험을 했고 그곳에 드리운 그림자를 보았다. 미르난데는 모두가 환호하는 세상이지만 사람이 다칠 수도 있는 세계였다. 그러고 보니 예전에 선주에게 들은 적이 있었다. 더 높은 단계에서는 사람이 죽는 경우도 있었다고.

한나는 밤새 그 문제를 생각했고 자신은 무슨 일이 있어도 사람을 해치지 않겠다고 다짐했다. 사람의 생명보다 중요한 게 있을까. 한나가 할머니한테 배우기로 그런 것은 없었다.

미르난데 우승이나 화성 이주권 따위 때문에 사람을 다치게 할 수는 없었다.

세상이 온통 미르난데 소식으로 도배됐다.

만나는 사람마다 새 시즌의 세계관과 참가자들을 이야기했다. 다른 도시들에서는 벌써 용사와 영웅으로 불리는 참가자들이 나타났다. 미르난데위원회는 공식적인 순위를 매기지 않지만 언론과 사설 도박 업체들은 전 세계 참가자들을 소개하고, 순위를 매기고, 끝까지 살아남을 참가자들을 예측하기 시작했다.

학교에서 친구들이 자신의 새매 캐릭터를 두고 '멋져 보이는 여자애'라고 말하는 걸 들었을 때, 한나는 자리를 피했다. 미르난데 참가를 밝히지 않았고 사람들이 보는 미르난데는 CG로 보정된 영상이었기에, 친구들은 아직 한나가 새매라는 사실을 모르고 있었다. 선주만 몰래 축하해주었을 뿐이다.

이틀 후 누군가 한나를 찾아왔다.

한나 또래의 처음 보는 남자애였다. 햄앤버거스에서 음식을 주문한 아이는 식사하는 내내 곁눈질로 한나를 훔쳐보더니, 한나가 일을 마치고 집으로 돌아가는 길에 다시 나타났다. 그때까지 한나를 기다리고 있었던 듯했다.

한나는 아이를 째려보며 물었다.

"뭐니, 너? 스토커니?"

아이가 당황하며 말을 못 하자 한나는 몰아붙였다.

"너 아까 식당에서 식사한 애지? 계속 나를 훔쳐보더니 지금까지 기다린 거야? 그럼 맞네, 스토커."

"내가 계속 훔쳐본 건 어떻게 알았어?"

아이가 짐짓 짓궂게 말했다.

"너도 나 훔쳐봤구나?"

"어이가 없네. 못생긴 녀석이 계속 쳐다보는데 어떻게 모르니?"

아이가 웃음을 터뜨렸다.

"정말 기대한 그대로네. 어쩜 이렇게 똑같지?"

한나가 어리둥절해하자 아이가 말했다.

"나 섀도야."

"네가 섀도라고? 정말?"

한나는 놀라 아이를 다시 살폈다. 첫인상으로는 알아보지 못했는데, 다시 보니 섀도의 느낌이 엿보이는 것 같았다. 눈웃음치는 게 특히 그랬다.

"그렇다니까? 여기 봐, 너한테 맞은 몽둥이찜질 멍이 아직도 남아 있다고."

"와, 날 어떻게 찾은 거야?"

"이래 봬도 현실에서는 내가 잘나가거든."

섀도는 자신이 꽤 유능한 프로그래머라고 했다. 그러다 오버 같다고 생각했는지, 장차 그렇게 될 거라고 정정했다. 그러면서 한나의 SNS를 추적해 현재 위치를 알았다고 했다.

"거짓말."

한나는 SNS 계정이 있기는 하지만 거의 활동하지 않았다. 예전에는 다들 SNS에 빠져 살았다는데 지금은 인터넷이 너무 느려 여의치 않았다.

그래도 한나는 섀도가 자신을 찾아온 게 반가웠다. 게다가 미르난데에서보다 더 호감이 갔다. 섀도는 한나를 집까지 바래다주었고, 두 사람은 집 앞 놀이터에서 조금 더 이야기를 나누었다.

한나가 할머니 때문에 더 늦기 전에 들어가야 했을 때, 섀도가 말했다.

"우리 현실에서도 종종 만나지 않을래?"

섀도는 조심스레 한나의 눈치를 보았다.

"물론 네가 괜찮다면 말이야."

"괜찮은지 안 괜찮은지 어떻게 아는데?"

한나의 말에 섀도는 당황해 말을 더듬었다.

"어, 그건…… 싫다는 뜻이야?"

한나가 짓궂게 말했다.

"글쎄? 근데 그런 걸 알려면, 몇 번은 더 만나봐야 하지 않을까?"

섀도가 처음에는 이해하지 못하고 한나를 바라보다가, 뒤늦게 알아듣고는 부끄럽게 웃었다. 그러면서 맨디와 도래솔도 소개해주겠다고 했다. 한나는 좋다고 했다. 섀도는 헤어지기 직전 한나의 이름을 물었다. 그리고 자신의 본명을 알려주었다.

아이의 이름은 윤슬이었다.

한나는 주말에 콜로세움에 갔다. 미르난데가 열리지 않는 날이어서 그런지 길거리가 휑했다. 콜로세움 직원들만 미르난데의 다음 세상을 홍보하기 위한 플래카드를 설치하고 있었다.

윤슬은 참가자 출입구 앞에서 한나를 기다리고 있었다. 다른 아이 둘이 함께 있었는데, 누가 도래솔이고 누가 맨디인지 단번에 알아볼 수 있었다.

"야, 생각보다 귀엽게 생겼는데? 새매랑 완전 딴판이야."

맨디가 한나를 보더니 개구지게 웃었다. 한나도 웃으며 말했다.

"너도 좀도둑치곤 멀쩡하게 생겼다."

도래솔은 의외로 부끄러움이 많아 보였다. 한나와 눈을 마주치지 못했고 소리 없이 웃기만 했다.

한나가 이제 어디로 갈 거냐고 묻자, 맨디가 아지트로 가자고 했다. 미르난데에서 만나 현실에서도 친구가 된 아이들은 종종 아지트에서 만난다고 했다.

"와, 너희 아지트가 있어?"

"그럼. 분명 너도 마음에 들걸?"

옆 동네에 있는 아지트로 향하는 동안 한나와 친구들은 서로에 대해 물었다. 그러다 한나의 눈썰미가 궁금했던 아이들이 질문을 퍼부었다.

"그날 사냥꾼을 연속으로 이긴 건 정말 놀라웠어. 대체 어떻게 한 거야?"

"그래, 나도 그게 계속 궁금했어."

한나는 괜히 우쭐해져 말했다.

"그건 야바위 게임이야."

"야바위?"

아이들은 야바위가 뭔지 몰랐다. 한나가 나서지 않았다면 사냥꾼에게 당했을 게 뻔했다.

"옛날에 사기꾼들이 쓰는 속임수인데, 손기술로 사람들을 속이는 거야. 우리 아빠가 야바위꾼이었어."

"아빠가 사기꾼이셨다고?"

한나가 웃음을 터뜨렸다.

"아니, 우리 엄마 아빠는 IT 회사에 다니셨어. 아빠는 나한테만 사기꾼이셨고. 예전에 아빠한테 야바위를 배운 적이 있어서 사냥꾼이 어떻게 속이는지 알 수 있던 거야."

"아하, 그럼 그냥 운이 좋았던 거네?"

"말하자면 그렇지. 사실 나도 놀라기는 했어. 요즘에도 그런 야바위를 하는 사람이 있다니."

윤슬이 부모님께서 컴퓨터 관련 일을 하시냐고 물었다. 한나는 으쓱하며 말했다.

"나도 잘은 몰라. 그때 난 어렸거든."

윤슬이 의아하게 보았지만 더는 묻지 않았다. 한나도 부모님에 대해서는 더 말하고 싶지 않았다.

친구들의 아지트는 한 공기업 야외 주차장에 있었다. 박스형의 오래된 자율주행 승합차였다.

윤슬이 지문으로 차 문을 열자 한나가 감탄했다.

"와, 네 차야? 윤슬이 너 부자구나?"

맨디가 웃으며 말했다.

"실은 이게 얘네 집이야."

"집이라고?"

차 안에는 뒷좌석이 눕혀져 침대 구실을 하고 있었고 옷가지와 잡동사니가 널려 있었다. 노트북도 있었는데, 책들을 보니 윤슬이 프로그래밍 공부를 한다는 게 사실인 모양이었다. 한나는 자율주행차를 갖고 있는 윤슬이 대단해 보였다.

나중에 듣기로 윤슬은 어렸을 때 부모님이 사고로 돌아가시고 할아버지 밑에서 자랐다고 했다. 할아버지마저 돌아가시고 남은 건 자율주행차 한 대뿐이었다. 초창기 모델인 차는 배터리 수명이 다한 고물이어서 완충해도 한두 시간 정도만 움직일 수 있었다. 그래서 윤슬은 전기차 충전소가 있는 관공서나 공영 주차장을 돌아다니며 산다고 했다.

한나는 앞으로 윤슬 앞에서 부모님 얘기는 하지 말자고 다짐했다.

아이들을 따라 의자 하나를 차지한 한나는 오후 내내 수다를 떨었다. 대부분 미르난데 이야기였다. 아이들은 경험이 적은 한나에게 조언을 아끼지 않았다. 그러면서 꼭 우승해 함께 화성에 가자고 했다.

화성에 대해서는 생각해보지 않았기에 한나는 호기심이 일었다.

"너희는 화성에 꼭 가고 싶어?"

맨디가 어이없다는 표정으로 말했다.

"그게 무슨 소리야? 당연히 화성에 가고 싶으니까 미르난데에 참가하는 거잖아."

"나는 아닌데?"

한나는 자기 목표는 할머니 약을 구하는 거라고 말했다. 친구들은 한나의 사연을 듣고 고개를 끄덕이면서, 자신들은 화성에 가려는 분명한 목표가 있다고 했다.

"화성은 지구와 달라."

도래솔이 말했다.

"화성에는 가난도 불평등도 없어. 모든 화성인이 인공지능이 관리하는 첨단 미래 사회에 살고 있잖아. 나는 화성 정부가 하는 짓은 마음에 안 들지만, 그래도 현실을 벗어날 방법은 그곳에 가는 것뿐이야. 쇠락한 지구에는 희망이 없으니까."

그러면서 도래솔은 지금이 21세기보다도 못하다며, 이렇게 된 건 모두 화성 정부 때문이라고 불평했다.

한나는 도래솔이 보기와 달리 반항적인 아이라고 생각했다.

"나는 형을 찾으러 화성에 가려고 해."

한나가 돌아보자 맨디가 말했다.

"우리 형이 바로 '파란 고래'거든."

"그게 누군데?"

한나의 반응에 아이들이 웃음을 터뜨렸다.

"와, 너는 정말 아무것도 모르는구나?"

아이들의 설명에 의하면, 맨디의 형 파란 고래는 사 년 전 미르난데 우승자였다. 파란 고래는 화성으로 떠나면서 맨디에게 약속했다고 한다. 비록 혼자 떠나지만 가족을 함께 이주시킬 방법을 찾아 반드시 돌아오겠다고. 그러나 그는 화성에 간 뒤로 소식이 끊겼다.

"일 년이 지나도 소식이 없어서 우리 부모님은 형이 가족을 버렸다고 생각하는 것 같아. 어느 날 부모님이 나누시는 이야기를 들었어. 내가 잠든 줄 아셨는지 엄마가 체념한 것처럼 '잊읍시다, 아들 하나 없는 셈 치자고요. 그 녀석만이라도 화성에서 잘 살고 있다면 그걸로 된 거니까'라고 하는 거야. 그날 난 결심했어. 화성에 가서 형을 찾겠다고. 형한테서 연락이 없는 건 분명 그럴 만한 사정이 있는 걸 거야. 우리 형은 절대 가족을 버릴 사람이 아니거든."

"그렇구나."

한나가 고개를 끄덕이는데, 도래솔이 말했다.

"전에도 말했지? 그건 네 믿음일 뿐이라고. 너희 형은 화성의 생활이 너무 행복해서 가족을 잊은 거야."

"그렇지 않아! 우리 형은 절대 그럴 사람이 아니라고!"

맨디가 화내자 도래솔이 낄낄대면서 손사래를 쳤다. 이런 게 남자애들끼리의 장난인가, 한나는 생각했다.

한나는 친구들이 다시 보였다. 서로 장난치고 시끄러운 애들이지만 다들 자기만의 생각과 목표가 있었다. 한나는 자신만 꿈이 없는 것 같아 부끄러워졌다.

한나는 윤슬을 돌아보았다.

"너는 왜 화성에 가려는 거야?"

윤슬은 대답하지 않았다. 그저 으쓱하며 쑥스러운 듯 웃었다. 도래솔과 맨디는 뭔가 알고 있는지 그런 윤슬을 보면서 킥킥거렸다.

"아하, 너는 말 못 할 비밀이라도 있다 이거지?"

한나가 더는 묻지 않고 새침하게 말했다.

"하나도 안 쿨해 보이거든?"

본령

미르난데 주간이 다시 시작됐고 한나는 적응해나갔다.

처음에는 새로 얻은 아이템이 익숙하지 않았다. 너무 진짜 같아 실제로 연습을 해야 했기 때문이다. 네 번째 세상에서 만난 '셔우드의 로빈'이라는 이에게 아이템 다루는 법을 배운 뒤에야 자유자재로 활을 쏘고 한 손으로 단검을 던질 수 있게 됐다.

초기에는 미르난데 세상이 돌아가는 방식에 익숙하지 않아 실수를 하기도 했다. 그때마다 한나는 친구들에게 의지했다. 낯선 세상에서 한나가 믿을 수 있는 건 친구들뿐이었고, 아이들은 정말로 믿을 수 있었다.

덕분에 한나는 자신의 역할을 제대로 수행할 수 있게 되었다. 그럴수록 친구들의 경험과 능력치도 다 함께 올라갔다. 그러면서 한나는 미르난데에 빠져들었다. 아름다운 세상에서 매력적인 캐릭터와 이야기를 만나는 것에 매료되었다.

미르난데가 없는 주말이면 현실에서 아이들을 만났다. 한나도 그랬지만 아이들도 알바를 하기에 미르난데가 열리지 않는 주말밖에 시간이 없었다.

한나는 종종 윤슬의 차를 찾아갔다. 윤슬이 공장단지에 있는 무역센터 주차장으로 옮겨 왔기 때문이다. 햄앤버거스 일이 끝나면 윤슬의 차에서 대화를 나누다 집에 들어갔고, 할머니가 혼자만의 생각에 빠지면 속상한 마음에 몇 시간씩 머물기도 했다.

그때마다 윤슬이 드라이브를 시켜주었다. 핸들도 없이 새벽 도로를 달리는 차 안에서 한나는 지나치는 풍경들을 보며 마음을 진정시켰다.

어느 날 윤슬이 부모님에 대해 물었다.

한나는 부모님 이야기는 꺼내고 싶지 않았지만, 그렇다고 윤슬에게 거짓말하고 싶지도 않았다.

"사라지셨어."

"사라지다니, 그게 무슨 말이야?"

윤슬이 놀라 물어보자 한나는 그저 으쓱하고는 말했다.

"나도 잘은 몰라. 십 년도 더 된 이야기라서. 그때 난 너무 어렸거든. 내가 마지막으로 기억하는 건 두 분이 출장 가셨다는 거야. 아빠는 당분간 먼 곳에 출장 가게 됐다고, 돌아올 때 선물을 사 오겠다고 하셨어. 그렇게 떠난 뒤로 돌아오지 않으셨어."

한나는 엄마 아빠의 기억을 담담하게 털어놓았다. 윤슬 앞이라 그럴 수 있었던 것 같았다.

"나도 가끔 생각해. 엄마 아빠가 왜 돌아오지 않으신 걸까 하고. 할머니는 내가 물어볼 때마다 조만간 돌아올 거라고만 하셔. 이제 더는 믿지 않지만……. 지금은 그냥 출장 중에 사고가 난 게 아닐까 생각하고 있어. 그래서 할머니도 말해주실 수 없었던 거고. 어린 손녀가 상처받을까 봐."

한나는 시선을 돌려 창밖을 보았다. 불 꺼진 도시의 풍경이 우울하게 지나갔다. 한동안 정적이 흐른 뒤에, 윤슬이 조심스레 한나의 손을 잡아주었다.

한나는 그 손을 놓지 않았다.

미르난데는 각 세상에 미션이 존재하지만 그게 다는 아니었다. 참가자마다 개별 스토리가 주어졌고 반응에 따라 경험과 능력치가 달라졌다.

한나와 친구들의 이름이 알려지기 시작한 것은 그즈음

이었다. 한나와 친구들은 화려하지는 않아도 재기 있는 방식으로 스토리와 미션을 완수했는데, 그 과정이 사람들의 관심을 끌기 시작한 것이다.

결정적인 것은 '방랑하는 마법사'를 마주쳤을 때였다.

열한 번째 세상이었고 한나와 친구들은 '미로의 정원'을 헤매고 있었다. 4미터 높이의 벽으로 둘러싸여 이어진 미궁은 모퉁이마다 유혹하는 것들이 있었다. 그것들을 이겨 내고 미노타우로스를 찾아 무화과나무가 있는 갈림길에 도달했을 때, 한 마법사가 기다리고 있었다.

잿빛 수염이 늘어진 것이 한눈에 봐도 최고 수준의 마법사였다.

"나는 방랑하는 마법사다. 스스로 죽기 위해 이 미궁에 들어왔지."

그가 아이들을 게슴츠레 살피며 말했다.

"그러나 미노타우로스는 보이지 않고, 이곳에서 만난 자들에게 부탁했지만 그 누구도 날 죽이지 못하는구나. 너희는 날 죽여줄 수 있겠느냐?"

친구들이 마법사의 말을 이해하지 못해서 한나가 대신 물었다.

"왜 자살하려고 하는데요?"

"나는 오랫동안 미르난데에 참가했단다. 경험을 쌓고 능력을 키웠지. 수많은 미션을 깨고 높은 단계에도 가보았어. 미르난데의 미르와도 겨루었고 최종 우승을 눈앞에 두기도 했었어……. 그러나 이제 지쳤단다. 이곳에 너무 오래 있었어. 더는 이 세상을 떠돌고 싶지 않구나. 얘들아, 제발 나를 죽여다오."

아이들은 서로 눈치를 보았고, 미로 모퉁이 뒤로 가 의논했다. 먼저 마법사의 정체를 가늠했다. 그가 NPC인지 참가자인지 궁금했고 토론 끝에 다른 참가자가 맞다는 데 의견을 모았다.

아마 십 대 때부터 참가한 사람일 것이다. 시즌마다 캐릭터를 계승하며 성장했고 최고치의 능력을 갖게 됐을 것이다. 하지만 매번 최종 단계에서 미끄러졌을 것이고 그것이 그를 회의에 빠지게 했으리라.

아이들은 마법사에게 다가가 자신들의 추측이 맞는지 확인했고, 그는 시인했다.

"그래, 몇 달 후면 나의 이십 대가 끝난단다. 이제 더는 미련을 두고 싶지 않아. 부디 나를 죽여주려무나."

도래솔이 부탁을 들어주겠다고 했다. 최고의 마법사를 죽인다면 그의 능력이 아이들의 것이 되기 때문이었다.

"좋아요, 죽여드릴게요. 대신 마법사님이 우리 공격을 방어하지 않아야 해요."

도래솔의 말에 마법사가 비릿한 웃음을 흘렸다.

"절대 방어하지 않으마. 하지만 너희도 나를 죽일 능력이 되어야 하지."

도래솔이 맨디, 섀도와 눈짓을 주고받았다. 세 사람이 협공으로 마법사를 공격하려는데 한나가 그 앞을 가로막았다.

"하지 마."

"무슨 소리야?"

"나는 반대야. 사람을 죽이는 건 반대라고."

한나는 첫 세상이 끝나고 목격한 아이를 떠올렸고, 그날 밤 다짐한 것을 되새겼다.

한나와 친구들은 마법사 앞에서 말다툼을 벌였다. 아이템을 얻으려는 마음이 큰 도래솔과 맨디가 한나의 순진함을 지적했지만 한나도 지지 않았다. 섀도는 양쪽 눈치를 보느라 말도 꺼내지 못했다.

화가 난 한나는 친구들에게 소리쳤다.

"너희가 이 마법사를 죽인다면 나는 더는 너희와 함께하지 않을 거야."

친구들은 황당해하며 말을 잇지 못했다. 한나의 입에서 그런 말이 나올 줄 몰랐던 것이다.

그때 마법사가 한나에게 말했다.

"너는 이 미궁에서 만난 이들과 다르구나. 이건 내 스스로의 선택이다. 네가 죄책감 가질 이유는 없는데, 그런데도 나를 돕지 않겠다는 것이냐?"

"마법사님이 어떤 선택을 하든 상관 안 해요. 그렇지만 자살하는 걸 도울 수는 없어요. 나는 그러지 않을 거예요. 그건 잘못된 일이고 그래선 안 된다는 걸 아니까요."

한나는 울컥해 소리를 질렀다.

"여기가 그렇게 싫으면 현실로 나가 돌아오지 않으면 되잖아요!"

마법사가 쓸쓸하게 말했다.

"그러려고 했단다. 정말로 그러고 싶었어. 모든 걸 잊고 현실에 머물고 싶었지. 하지만 이곳에서 나는 최고의 마법사란다. 현실에선 절대 가질 수 없는 내 능력과 경험치 그리고 미르난데 우승의 욕망이 매번 나를 다시 불러들이더구나. 아아, 차라리 빈털터리였다면. 그저 하찮은 마법사였다면 미련 없이 떠날 수 있었을 텐데……."

마법사는 자신의 미련과 욕망을 꺾어줄 사람을 찾고 있

었던 것이다.

한나는 어떤 생각이 떠올라 마법사를 보았다.

"방법이 있을지도 몰라요."

"어떻게 말이냐?"

"마법사님의 능력을 저에게 파세요."

마법사가 놀란 눈으로 한나를 보았다. 이제껏 그런 생각은 못 해봤다는 듯이.

잠시 후 그가 말했다.

"내가 가진 것은 오래되고 큰 것이야. 네가 그걸 살 여력이 되겠느냐?"

"저 혼자서 안 된다면, 우리가 그것들을 나누어 살게요."

마법사는 그제야 한나와 친구들을 하나하나 다시 살피더니 말했다.

"너희 넷의 가치를 합친다면 내 능력을 살 수도 있겠구나."

그렇게 흥정이 시작되었다. 먼저 도래솔이 마법사의 능력을 샀다. 자신이 가진 걸 모두 내놓고 마법사의 지팡이와 두꺼운 주문 책을 가졌다.

맨디는 도둑의 가치를 샀다. 사람들이 맨디의 도둑질을 보고도 외면하게 만드는 능력이었다. 섀도는 어둠을 밝히는 힘을 샀다. 그는 이제 자신의 어둠 속에서 빛을 밝힐 수 있게 됐다.

마법사가 마지막으로 한나를 살폈다.

"너는 친구들 중에서 경험과 능력치가 가장 떨어지는구나."

"맞아요, 저는 가진 게 별로 없어요."

"너한텐 뭘 팔아야 할까?"

"제가 가진 거라곤 미르코인 하나뿐이에요."

"새로운 모험에 코인 하나면 충분하지. 그런데 이제 보니 너는 아직 본령이 없구나."

마법사는 한동안 한나를 살피더니 말했다.

"내 본령을 사겠느냐?"

"마법사님의 본령이 뭔데요?"

"본령이란 각자의 본모습이란다. 미르난데에서 누가 어떤 모습인지는 중요하지 않아. 내 본령을 산다면 그건 너만의 본령으로 나타날 것이야."

한나는 마법사에게 코인을 건넸다. 그동안 쌓인 가치가 꽤 됐는지, 마법사가 말했다.

"나는 너에게 본령을 팔았다. 이제 너의 본령을 드러내 보려무나."

한나는 마법사의 가르침으로 본령을 드러냈다.

하늘로 날아올랐다. 아래로 마법사와 친구들이 보였고 미로 정원의 거대한 구조가 한눈에 들어왔다. 한나는 깃털을 가르는 바람을 느꼈고, 그것을 타고 활강했다.

한나, 새매의 본령은 이름처럼 새매였다.

한나는 당황스러웠다. 자신과 친구들이 유명해져서였다.

주말이 지나자 인터넷과 SNS에 한나와 친구들의 활약상이 올라오기 시작했다. 네 사람을 두고 '새매와 친구들'이라 부르는 응원 글들이 떴다. 약육강식의 세계 미르난데에서 방랑하는 마법사를 죽이지 않으면서, 그가 원하는 바를 이루어준 새매를 신선하게 보는 것 같았다.

사람들이 뒤늦게 한나와 친구들의 이전 미션을 찾아보면서 조회수가 급격히 올라갔다. 언론이나 사설 도박 업체가 아이들의 우승 가능성을 높게 평가하지는 않았지만 이번 시즌 주목해야 할 팀으로 언급했다.

한나는 이해할 수 없었다. 자신들이 왜 사람들 입에 오르내리는지. 아지트에서 친구들을 만났을 때, 한나는 그것에 대해 물어보았다.

친구들은 한나와 달리 들떠 있었다.

"어쨌거나 유명해졌잖아. 능력치도 몇 단계나 뛰어넘었고. 그럼 된 거 아냐?"

맨디가 말하자 도래솔이 맞장구쳤다.

"맞아, 아직 시즌 중반인데 이 정도면 진짜 우승도 가능해."

한나는 말을 잇지 못했다. 아이들의 기분을 망치고 싶지 않아서였다.

윤슬이 그런 한나를 살피며 말했다.

"너는 유명해지는 게 싫은 거야?"

"나도 잘 모르겠어."

한나는 사람들의 관심을 받는 것이 어색하고 부담스러웠다.

"우리 새매는 보기보다 소심하다니까?"

맨디가 놀리듯 말하자, 윤슬이 그에게 눈을 한번 흘기고 다시 말했다.

"유명해져서 나쁠 거 없어, 특히 한나 너한테는."

"그게 무슨 말이야?"

윤슬은 유명해지는 건 또 다른 기회라고 말했다. 사람들이 지지하는 참가자에게는 광고가 붙는다는 것이다. 미르난데에서 활약하는 영상을 제공하는 것이니 부담 가질 필요도 없고, 운이 좋으면 후원도 따라온다고 했다.

"네가 유명해져서 광고가 들어오면, 할머니 약을 더 빨리 구할 수 있을지도 몰라."

할머니의 약을 구할 수 있다고? 거기까지는 생각하지 못했다. 한나는 자신이 미르난데에 참가한 이유를 되새겼다.

도래솔이 충고하듯 덧붙였다.

"그래. 좋게 생각해, 한나야. 이제 사람들이 우리를 새매와 친구들로 부르기 시작했잖아. 도래솔과 똘마니들이라고 안 부르는 게 아쉽지만."

윤슬과 맨디가 웃음을 터뜨렸다. 도래솔이 웃으며 말을 이었다.

"어쨌든 사람들이 우리를 주목하고 있어. 이제 미르난데 우승이 더 이상 꿈이 아니야. 진짜로 화성 이주권도 딸 수 있다고. 우리 함께 화성으로 가는 거야."

그 말에 한나는 왠지 모르게 울컥했다.

"나는 화성에 안 가."

한나가 굳은 표정으로 말하자 친구들이 하나둘 입을 다물었다.

한나는 친구들을 외면했다. 분위기를 깬 것 같아 미안하지만 자신이 원하는 건 분명했다. 할머니의 약만 구할 수 있으면 다른 건 필요 없었다.

특히 화성 이주권 따위는.

보르헤아 왕국

우리는 교차로에 서 있다.

나는 한 시간 전에 미르난데에 들어왔고, 처음에는 어디로 가야 할지 몰랐다. 길이 사방으로 뻗어 있기 때문이다.

그러다 꽃을 발견했다. 첫 번째 세상에서부터 나를 사로잡은 보라색 꽃. 그것은 내가 가야 할 길마다 피어 있기에, 나는 이제 그것을 길라잡이 꽃이라 부른다.

꽃이 핀 길을 따라간다. 길은 숲속 교차로로 이어졌고 그곳에 친구들이 기다리고 있다. 교차로에는 방향 표지판 대신 안내판이 세워져 있고 새로 건 듯한 공지문이 붙어 있다.

미르난데의 용사들에게 고하노라

나는 보르헤아 왕국의 '꿈꾸는 여왕' 보헤안이다.

지난 99일 동안 나는 잠을 잤고 꿈을 꾸었다. 꿈속에서 나는 대지를 떠나 하늘로 올라갔고 공간을 나아갔다. 별들을 건넜다. 그리고 다른 대지를 발견했다.

나는 그 대지를 돌아다녔다. 대지의 끝 붉은 바닷속으로 내려 갔다가 심연에서 자라는 중인 악을 찾아냈다. 나는 그를 훔쳐보 았고, 악이 자라 성체가 되면 이제까지의 어떤 악보다 강력하리 라는 걸 깨달았다. 그는 절대 악이 될 것이다.

그러나 안타깝게도 내 모습을 들키고 말았다.

나는 도망쳤다. 심연을 나와 대지를 떠나 행성계를 벗어났다. 별을 돌아 우리의 대지로 돌아왔고 꿈에서 깨어났다. 그러나 꿈 에서 깨기 직전에, 악의 명령을 받은 드래건이 쫓아오는 걸 보았 다. 그자는 조만간 보르헤아 왕국에 당도할 것이다.

하여 세상의 모든 용사에게 고하노니, 당신들 중 나와 내 왕 국을 구해줄 자가 있는가? 드래건을 물리치는 용사에게, 그의 심 장을 바치는 영웅에게 나는 크게 보답할 것이다.

최고 가치의 미르코인은 덤이다. 나는 나와 보르헤아 왕국을 구하는 자에게 그의 꿈을 꾸어줄 것이다.

— 꿈꾸는 여왕, 보헤안

"드디어 후반으로 들어가는구나."

나는 맨디의 말을 이해하지 못한다. 이제껏 이런 공지는 본 적이 없다.

곁에서 도래솔이 설명해준다.

"이야기가 확장되고 있어. 이제부터는 용사와 영웅들이 얽히는 거야."

"그게 무슨 말이야?"

"지금까지는 개인 능력과 경험을 키우는 세상들이었어. 그 과정에서 참가자들이 떨어져 나가고 일정 수준에 오른 용사들이 추려지는 거지. 매 시즌 이런 이벤트가 있어. 그렇게 용사와 영웅들이 한자리에 모인다고나 할까?"

이해가 간다. 나는 네 갈래로 뻗은 길을 살피며 말한다.

"그래서, 보르헤아 왕국은 어느 쪽으로 가야 하는 거야?"

"나야 모르지."

도래솔이 짓궂게 웃더니, 이제 확연히 성장한 마법사의 능력을 보여준다.

그는 공지문에서 '보르헤아'라는 글자의 먹을 긁어낸다. 손바닥 위에 떨어진 먹에 주문을 걸고 입김을 불어 넣자, 작고 까만 것으로 변하며 날갯짓한다. 그것이 점점 자라나 제 크기를 갖춘다. 까마귀다.

녀석은 우리 주위를 한 바퀴 돌더니 왼쪽 길을 따라 날아간다.

"저걸 따라가자."

도래솔이 말하자 내가 칭찬한다.

"제법이네, 흰 로브의 마법사. 이왕이면 말로 바꾸지 그 랬니?"

"아, 거기까진 생각 못 했네?"

우리는 함께 웃음을 터뜨린다.

보르헤아 왕국은 거리마다 단풍이 붉게 물든 아름다운 곳이다. 도시를 가로지르는 커다란 강에 아치로 장식된 석 교가 놓여 있고 그 위로 말과 마차가 오간다. 다리 밑에는 햇살을 받은 낙엽들이 노랗고 빨간 모자이크 무늬를 그리 며 떠내려간다.

우리는 다리를 건너 성으로 향한다.

"멋진 도시야. 여기는 오랫동안 전쟁이 없었나 봐."

섀도의 말에 나는 주위를 둘러본다.

낮은 성벽에 건물들이 화려하게 장식되어 있다. 오랜 세 월 동안 다듬어진 듯하고 상흔은 보이지 않는다. 사람들 얼 굴에는 친절함이 깃들어 있고 그들에게 고통 같은 건 없어 보인다.

나는 섀도의 말이 맞을 거라고 생각한다.

성문 앞에 도착하니, 입구를 지키던 병사가 우리를 제지하더니 용건을 묻는다. 도래솔이 여왕님의 공문을 보고 온 용사들이라고 말하자 병사는 우리를 훑어보더니 가래침을 탁 뱉는다.

그의 눈에는 우리가 아직 어린애들로 보이나 보다.

"손님을 그런 식으로 맞으면 안 되죠."

도래솔이 손가락을 탁 튕기자 병사가 눈이 커지며 차렷 자세를 취한다. 그러고는 네 명의 용사분이 도착했다고 큰 소리로 고한다.

우리는 그를 지나쳐 안으로 들어간다.

성안에는 사람들이 가득하다. 성벽 아래 무대에는 악사들이 경쾌한 무곡을 연주 중이고, 주변의 음식이 차려진 식탁들에는 각지에서 모인 용사와 영웅 들이 보인다. 다들 웃고 떠들며 술을 마시고 있다.

자줏빛 예복을 입은 시동이 쫓아와 우리를 안내한다.

"서약을 마친 용사분들을 위해 여왕님께서 주최하는 연회가 막 시작된 참이에요. 한 시간밖에 안 지났는데 벌써 취하신 분도 계시네요. 아, 거기 말똥 조심하세요."

맨디와 섀도가 바닥의 말똥을 피해 걷는다. 나는 시동에게 묻는다.

"서약은 뭐니? 우리도 해야 하는 거야?"

"아, 당연히 해야죠."

시동이 재잘대듯 설명한다.

"고귀하신 우리 여왕님께 바치는 약속인데 당연히 용사님들도 충성을 맹세해야죠! 먼 길 오느라 지치고 배고프겠지만, 왕실이 자랑하는 멧돼지 요리로 배를 채우는 건 그다음이라고요."

우리는 한쪽 정원으로 안내된다. 색색의 꽃으로 꾸며진 정원에 우리처럼 늦게 도착한 용사들이 여왕 앞에서 충성을 맹세하고 있다.

붉은 드레스를 입은 여왕은 강렬함과 수수함을 동시에 자아낸다. 금발에 얹힌 작은 금관 때문인지 단아해 보인다. 나는 여왕이 자비로운 분일 거라 짐작한다.

우리는 여왕 앞으로 나아가 시동이 가르쳐준 대로 예의를 갖춘다. 도래솔이 대표로 악이 보낸 자로부터 여왕과 왕국을 구하고 드래건의 심장을 전리품으로 바치겠노라 맹세한다.

여왕은 온화한 미소로 일일이 눈을 마주치며 축복을 내려준 뒤 나와 눈을 마주치고는 한 발 앞으로 나온다.

"어젯밤에 옅은 꿈을 꾸었다."

갑작스러운 말에 나는 놀란다. 여왕은 나를 살피며 계속 말한다.

"꿈에서 어여쁜 고치를 보았단다. 그 안에 여자아이가 잠들어 있었지. 아이는 작은 몸을 웅크린 채 꿈을 꾸는 중이었고 그 꿈은 다른 이들과 달랐어. 네가 바로 그 아이구나."

나는 여왕을 빤히 보다가 당돌하게 말한다.

"아이가 꾸는 꿈은 어떤 거였나요?"

"나도 궁금하구나. 함께 꿈을 들여다보자."

여왕이 미소를 지으며 덧붙인다.

"네가 드래건을 물리치고 그의 심장을 가져온다면."

여왕의 미소에 나는 왠지 모를 친밀감을 느낀다. 나는 아이의 꿈 내용이 궁금해 그것을 확인하고 싶다.

연회는 밤새 계속된다. 횃불을 밝힌 채 악사들의 연주가 끊이지 않고 그 위로 사람들의 목소리가 가득하다.

마법사와 기사, 엘프, 내성적인 트롤, 내가 알지 못하는 돌연변이 용사들. 정말 다양한 사람들이 먹고 마시고 떠들고 있다. 거나하게 취한 용사들이 춤을 추거나 노래를 부른다. 다혈질의 용사들이 각자의 능력을 자랑하다 싸움으로 이어진다.

우리는 멧돼지 요리로 배를 채우고 성안을 돌아다니며 구경한다.

"이게 다 무슨 상황이야? 완전 난장판이잖아."

내가 말하자, 맨디가 재미있다는 듯 웃는다.

"완전 개판, 아니 술판이야."

여왕과 왕국을 구하려고 모인 용사들이면 비장함 같은 게 흐를 줄 알았다. 그러나 그런 건 보이지 않는다. 다들 먹고 마시고 떠드는 데 열중이다.

즐겁기는 친구들도 마찬가지다. 도래솔과 맨디는 자신들이 좋아하는 캐릭터를 발견할 때마다 일일이 알려준다. 긴 고깔모자를 쓰고 검은 수염이 허리까지 내려오는 마법사를 보고는 소리까지 지른다.

"저 사람이 바로 그 '스트릴보르의 검은 마스터'야! 내일 실력을 직접 볼 수 있겠어. 저 사람 흑마술이 정말 멋지거든."

나는 나 혼자 연회를 즐기지 못하는 건가 생각하다가, 다른 사람들은 여기가 미르난데 세상임을 알기에 즐기고 있는 거라는 생각을 한다. 현실처럼 생생하지만 게임은 게임인 것이다.

섀도가 내 팔을 잡고 한쪽을 가리킨다.

"저들을 잘 봐둬. '데블 울브스'야."

나는 그쪽을 본다. 식탁 하나를 차지하고 술을 마시는 네 명의 남자다. 다들 온몸을 가리는 후드 망토를 걸쳤는데, 검고 희고 파랗고 빨갛다. 그렇게 자신들의 정체성을 드러내고 있었다.

"유명한 사람들이야?"

"그럼. 이번 시즌에 가장 강력한 우승 후보야."

섀도가 말하자 도래솔과 맨디가 거든다.

"딱 봐도 검은 늑대, 흰 늑대, 파란 늑대, 빨간 늑대잖아. 무자비하기로 악명 높은 자들이야. 얼마나 난폭하게 공격하는지 현실에서 중태에 빠진 참가자도 있대. 그래서 평론가 중에는 '미르난데에 온 현실의 사이코패스들'이라고 평가하는 사람이 있을 정도야."

"저들 중 가장 강력한 건 저 검은 망토야. 검은 늑대. 가장 악랄한 데다 본령이 트랜스포머거든."

"트랜스포머라니?"

"모습을 자유자재로 바꾸는 본령이야. 미르난데에서 가장 강력한 능력 중 하나지."

나는 데블 울브스를 살피다 시큰둥하니 말한다.

"안 마주치면 되겠네."

우리는 자리를 옮겨 보르헤아 사람들이 용사들을 위해 공연하는 서커스를 구경한다. 춤추는 어릿광대는 정말 조커를 닮았다.

다음 날 새벽에 성벽 위를 거닌다. 나는 부서진 돌담에 앉아 왕국을 둘러본다. 서쪽으로 기우는 두 번째 달과 반대편 하늘에 퍼지는 여명을 지켜본다. 단풍으로 물든 도시를 덧칠하는 아침 햇살을 감상한다.

이 아름답고 평화로운 왕국은 조만간 전장으로 변할 것이다. 그것이 어떤 모습일지 궁금하다. 친구들과 다른 용사들은 그저 결전을 즐기는 것 같지만, 나는 그동안 보고 느낀 생생함을 생각하고 전쟁의 모습은 또 얼마나 생생할까 두렵다.

종탑에서 종소리가 울려 퍼지며 왕국이 깨어난다.

용사들이 다시 모인 건 식사를 겸해 대책을 논의하기 위해서다. 아직 숙취에서 깨어나지 못한 기사 하나가 드래건 따위 문제없다고, 놈의 심장은 자기 차지라고 떠든다. 경험 많은 다른 마법사는 드래건이란 다양한 종족이니 먼저 적의 정체를 파악해야 한다고 주장한다.

나는 친구들과 식사하며 그들의 이야기를 듣는다. 그때 문이 열리며 병사가 뛰어 들어온다.

"드래건이 나타났어요, 기어이!"

병사는 동틀 무렵 국경 수비대가 날아오는 드래건의 형체를 발견했고, 묘린산의 요새 정찰병이 성을 향해 날아가는 드래건을 확인했다고 보고한다.

이제껏 말없이 식사하던 스트릴보르의 검은 마스터가 자리에서 일어선다. 다들 그에게 시선이 집중되고, 그가 말한다.

"이제 우리 모두에게 중요한 전투가 시작될 것이오. 상대는 악이 보낸 대리인이니 신중히 대처해야 하오. 무엇보다 성안의 사람들과 보헤안 여왕을 지켜야 하고, 가능한 한 성안으로 들어오지 않도록 외성 밖에서 드래건을 상대해야 할 것이오."

강력한 우승 후보라는 데블 울브스의 검은 늑대가 일어나 말한다.

"우리가 성 밖으로 나가 놈을 맞겠소."

그러자 공을 빼앗기기 싫은 용사들이 앞다퉈 자신들도 최전선에서 싸우겠다며 일어선다. 검은 마스터는 그들의 용기를 칭찬하며 선봉대로 나가게 한다. 나머지는 외성 입구에서 그들을 지원하기로 한다.

나와 친구들은 그쪽을 맡는다.

드래건의 심장

적은 하나의 점으로 나타난다.

하늘 멀리서 날아오는 적은 열기가 느껴지지 않고 화염도 뿜지 않기에, 처음에는 그 누구도 적으로 여기지 않았다. 그것이 가까워지며 태양 빛을 받아 반짝이는 은빛 몸과 거대한 날개를 드러낸 뒤에야 비로소 드래건이자 악의 대리인임을 알게 된다.

처음 보는 은빛 드래건이다.

그는 최전방에 도열한 용사들 앞에 내려앉더니 열기 대신 차가운 냉기를 내뿜으며 말한다.

"너희의 여왕을 모셔와라. 무례하게 내 주인의 심연을 훔쳐본 이유를 물어야겠다."

어스시에서 온 '회색의 마법사'가 앞으로 나선다. 그는 지혜로 적을 상대한다.

"당신의 은빛 비늘은 참으로 찬란하구려. 다른 평범한 드래건과는 비교도 할 수 없을 정도요. 먼저 당신의 이름을 알려주겠소?"

"다 자라지 않은 나의 주인, 아직 스스로의 이름을 갖지 않은 그분께서는 나를 아이스릴이라 부르시지."

"아이스릴, 당신은 어디에 사는 종족이요?"

"내 종족은 북북서의 지오마르틴산맥 너머의 얼음 세계를 다스리지."

"그렇다면 당신들 종족은 뭐라 불리오?"

"아이스 드래건*."

그가 긴 목을 내리더니, 서리 내린 콧등을 마법사의 얼굴 앞에 대고는 말한다.

"전통에 따라 통성명은 끝났다. 이제 너희가 모시는 여왕을 모셔와라."

"그 전통에 따라서……."

회색의 마법사가 그를 자극하지 않으려고 말한다.

"꿈꾸는 여왕 보헤안께서는 우리에게 평화를 이어갈 방

---

* 조지 R. R. 마틴의 단편소설 「아이스 드래곤」에 등장하는 드래건 종족. 지오마르틴(Geomartin)산맥은 작가 이름 George Martin으로 명명한 오마주.

법을 모색하라 하셨소. 그에 따라 우리는 당신에게 대화를 제안…….”

드래건이 콧김을 내뿜는다. 마법사는 말을 끝맺지 못하고 얼어붙는다. 아이스릴이 말을 마무리한다.

“인간은 말이 너무 많아.”

그 광경에 용사들이 흥분하며 일제히 공격을 시작한다.

먼저 마법사들이 방어와 공격의 주문을 외운다. 아이스릴은 꿈쩍도 않고 입김으로 그들을 모두 얼린다. 커다란 갈퀴가 달린 발로 그들을 짓밟는다. 얼음이 된 마법사들이 산산이 부서진다.

이번에는 엘프와 기사, 돌연변이 용사들이 달려든다. 각자의 무기와 본령으로 아이스 드래건을 포위해 공격한다.

그때 거대한 본령을 드러낸 세 마리의 늑대가 난폭하게 드래건을 공격한다. 적이 주춤하는 사이 리더인 검은 늑대가 드래건으로 모습을 바꾼다. 검은 비늘 사이로 열기를 내뿜는 드래건이 상대를 녹이려고 불길을 토해낸다.

아이스릴이 피하며 날아올라 날개를 펼치고 한파를 내뿜는다. 한파는 눈보라를 몰고 와 우박을 쏟아낸다. 이어 입으로 냉기를 뿜어내자 검은 드래건의 불길이 꺼지고 몸이 얼기 시작한다. 위기의 순간 검은 늑대는 작은 벌새로 모습을 바꿔 냉기 사이로 도망친다.

이후 전세가 급격히 아이스릴 쪽으로 기운다. 그는 자신을 저지하려는 용사들을 차례로 얼리고 부숴 눈 속에 파묻고는 도시로 다가온다.

외성 앞에 모인 우리의 차례다.

개별적으로는 아이스 드래건의 상대가 안 된다는 걸 깨달은 우리는 협공한다. 마법사들이 한파를 막기 위해 화염 덩어리들을 소환해 날리고, 나와 활잡이들은 불화살을 쏜다. 내성적인 트롤과 용사들이 아이스릴의 움직임을 저지하려 힘으로 밀어붙인다.

그러나 아이스릴은 화염과 불화살을 꺼뜨리고, 살짝 날아올라 몸에 붙은 트롤과 용사들을 털어낸다. 그런 다음 다시 한파를 내뿜는다. 우리는 냉기를 피해 도망친다.

아이스릴이 기어이 외성을 넘어 성안으로 들어선다. 건물과 사람들을 무자비하게 얼리고 짓밟는다. 그의 발아래 모든 게 산산조각 난다.

나는 본령으로 날아오르며 소리친다.

"사람들 없는 곳으로 유인해야 해요!"

나는 건물 사이를 날아 아이스릴 뒤로 향한다. 아이스릴의 머리 뒤에서 날갯짓하다가 그가 고개를 돌리는 순간 발톱을 세워 눈을 공격한다. 아이스릴이 움찔하더니 냉기를 쏟아낸다. 나는 빠른 날갯짓으로 물러나 도망친다.

다행히 아이스릴이 나를 쫓아온다. 그의 냉기에 얼어붙어 떨어질까 두렵지만 지금은 사람들의 피해를 줄여야 한다는 생각뿐이다.

내가 시간을 버는 사이 용사들이 전열을 가다듬는다. 나는 사람이 없는 강으로 아이스릴을 유인하면서 속도를 늦춘다. 그가 날개를 펴 나를 덮치려는 찰나, 어디선가 수많은 나비 떼가 몰려와 그의 시선을 분산시킨다.

아래 강가에 지팡이를 치켜들고 주문을 외는 도래솔이 보인다.

나는 섀도에게 날아가 그를 태우고 다시 아이스릴에게 접근한다. 섀도가 그의 등으로 뛰어내려 머리 주위에 어둠을 펼쳐낸다. 그동안 성장한 섀도의 어둠은 이제 드래건의 얼굴을 가둘 만큼 크다.

시야를 잃은 드래건이 혼돈에 빠진다. 당황한 날갯짓으로 사방에 냉기를 뿜어낸다. 나는 크게 울부짖어 그를 유인한다. 그가 내 목소리를 쫓아 날아오고 나는 강 한가운데 수면으로 그를 이끈다. 그의 발이 물에 빠지자 강이 얼어붙는다.

아이스릴의 몸뚱이와 한쪽 날개가 강에 빠진 채 자신의 냉기에 갇혀버린다.

그것을 본 용사들이 꽁꽁 언 강으로 몰려와 협공한다. 마법사들이 공기의 흐름을 조절해 그의 움직임을 늦추고, 용사들이 화살을 날리고 칼과 창으로 공격한다.

'마법 대학교 교장'이 앞으로 나와 사람들에게 소리친다.

"적의 심장을 녹여야 해. 모두 무기를 드시오!"

용사들이 무기를 치켜들자 교장이 완드*를 우아하게 휘저으며 주문을 건다. 그러자 각자의 무기 끝이 빨갛게 달아오른다. 용사들은 그것을 일제히 아이스 드래건을 향해 찌르고 날린다. 본령에서 돌아온 나도 불화살을 날린다.

나는 목격한다. 적의 차가운 은빛 비늘 사이로 비치는 심장을. 시뻘겋게 달아오르며 자신의 근육과 살을 녹이는 그것을.

아이스릴이 고통스러워하며 냉기를 뿜어낸다. 그러나 달궈진 냉기는 이내 훈풍으로 바뀐다. 녹아 흘러내리는 속살만 남긴 아이스릴이 더는 움직이지 않는다. 우리는 숨죽여 기다리다가 시간이 흐른 뒤에야 적이 죽었다는 걸 확인

---

* 마법사가 쓰는 작은 스틱 지팡이. 소설 『해리 포터』에 등장하는 종류.

한다.

석양 아래 왕국의 푸줏간 장인들이 분주하다. 그들은 드래건의 심장을 해체하기 바쁘다. 살아남은 용사들이 모여 그들을 구경한다.

해체 작업이 마무리될 즈음, 검은 마스터가 사람들 앞으로 나선다.

"이제 드래건의 심장을 누가 여왕께 바칠지 정해야 하오."

용사들이 자신의 활약을 떠든다. 누가 아이스 드래건의 움직임을 굼뜨게 하는 주문을 걸었고 누구의 무기가 아이스릴의 심장을 맞혔는지 소리친다. 그러면서 모두 자신이 심장을 바치겠노라 주장한다. 나와 친구들은 나서지 않고 지켜본다.

검은 마스터가 손을 들어 사람들을 진정시키고 말한다.

"우리가 힘을 모으지 않았다면 적을 물리치지 못했을 거요. 각자의 노고와 가치는 이 세상이 알 것이오. 그러나 모두가 심장을 바칠 수는 없는 법. 나는 보헤안 여왕께 적의 심장을 바칠 용사는 새매와 친구들이라 생각하오. 그중에 새매는 어떻소?"

누군가 반발한다. 몇몇이 그의 반발을 옹호한다. 나는

부끄러워져 섀도 뒤로 숨는다.

검은 마스터가 다시 말한다.

"말했듯이 당신들의 공로는 모두 이 세계가, 미르난데가 기억할 것이오. 그러나 오늘의 전투는 판세의 흐름을 보아야 하오. 나뭇가지에 핀 꽃을 보지 말고 나무를 보시오. 나무를 보지 말고 숲을 보시오. 누가 성안으로 들어온 적을 유인한 것이오?"

용사 중 누군가 새매라고 말한다.

"누가 적의 움직임을 제지하며 혼돈에 빠뜨린 것이오?"

"새매와 친구들이오."

"누가 적을 강에 빠뜨려 스스로 얼어붙게 했소?"

"새매!"

"누가 적의 심장에 가장 정확하게 화살을 관통시킨 것이오?"

"새매, 새매!"

사람들의 목소리가 커지더니 다들 나와 친구들의 이름을 연호한다. 나는 어쩔 줄 몰라 하는데 마스터가 나를 돌아보더니 말한다.

"새매여, 여왕에게 심장을 바칠 용사는 당신이오."

드래건을 해체한 푸줏간 장인이 심장이 든 꾸러미를 갖

고 온다. 나는 검은 마스터를 보고 내 친구들을 돌아본다. 친구들이 고개를 끄덕인다. 나는 주위에 모인 용사들을 둘러본 다음, 기어이 심장을 받아 성 쪽으로 걸어간다. 사람들이 길을 열어준다.

그때 강가에서 여왕이 얼어붙은 강으로 내려온다. 나는 용사들에게 둘러싸여 여왕에게 다가간다. 여왕이 사람들을 훑어보다 내게 차가운 미소를 보인다.

"그것이 드래건의 심장인가?"

나는 심장을 여왕에게 바치려다 뭔가 이상함을 느낀다. 여왕의 미소가 내가 기억하는 것과 다르다.

"수고했다, 용사여. 그것을 내게 바쳐라."

나는 여왕에게 말한다.

"고치 속에 잠든 아이는 어떤 꿈을 꾸었나요?"

여왕이 머뭇거리며 말을 하지 못한다. 나는 확신하며 말한다.

"적의 심장을 가져오면 말해주시겠다고 했잖아요."

여왕은 말해주지 않는다. 차가운 눈초리로 보기만 할 뿐이다.

그러자 용사 중 '리비아의 계롤'이 앞으로 나서며 말한다. 여왕이 시종도 없이 혼자 온 것이 이상하다는 것이다.

뒤쪽 '아마조네스의 여전사'는 대범하게 당신이 정말 보혜안 여왕이 맞는지 묻는다. 사람들이 웅성거린다.

여왕이 내게 달려들며 본색을 드러낸다. 검은 늑대다. 아이스릴과의 대결에서 벌새로 변해 달아났던 그가 다시 나타난 것이다.

검은 늑대가 내 손에 들린 꾸러미를 낚아채지만 곧바로 용사들에 의해 제지당한다. 마법사들이 반격하는 그를 무력화시킨다.

사람들이 흥분해 일제히 비난을 퍼붓는다.

"검은 늑대, 당신이 심장을 가로채려고!"

"당신 혼자서 여왕에게 바치려 했던 거야?"

"비겁하게, 감히 여왕의 모습을 취하다니!"

"이런 자는 죽여야 해!"

용사들이 검은 늑대를 공격하려 한다. 나는 사람들 사이로 뛰어든다.

"죽이는 건 안 돼요! 이 사람을 그냥 보내줘요."

내 말에 사람들이 주춤한다. 누군가 이런 놈은 죽인 다음 미르난데에서 추방해야 한다고 소리친다.

나는 그의 말을 어떻게 반박해야 할지 모르는데, 그때 검은 마스터가 앞으로 나온다.

"검은 늑대의 행동은 분명 명예를 저버린 행동이오. 영원히 추방당해 마땅하지. 그러나 나는 오늘의 영웅 새매의 의견을 존중해야 한다고 생각하오."

몇몇이 마스터의 말에 동의한다. 이어 다들 내 말에 따르기로 한다.

나는 검은 늑대에게 다가간다. 그가 치욕 가득한 눈으로 나를 노려본다. 나는 괜찮다고, 당신을 이해한다고 말하려 한다. 그러나 그는 나를 외면하고 뒤돌아 걸어간다. 그렇게 사람들 사이로 멀어진다.

드래건의 심장은 성안에서 바쳐진다.

왕국 사람들이 모두 모여 있고 여왕에게 향하는 길에는 붉은 카펫이 깔려 있다. 나와 친구들을 중심으로 용사들이 들어서자 사람들이 환호로 맞아준다. 성벽 위에 모인 사람들이 꽃잎을 뿌려준다.

나는 여왕에게 아이스 드래건의 심장을 바친다.

여왕은 내가 기억하는 미소로 심장을 받는다. 이어 살아남은 용사들을 치하한다. 경고도 잊지 않는다.

"오늘은 여러분의 용기와 협력으로 악의 대리인을 막을 수 있었다. 그러나 잊지 말아야 할 것은, 지금 이 순간에도 어둠의 심연에서는 절대 악이 자라고 있다는 사실이다. 그는 조만간 성체가 되어 우리의 세상을 집어삼키려 하겠지. 그때를 대비해 여러분은 계속 활약하면서 경험과 능력을 키워주길 바란다."

사람들이 환호한다. 여왕은 이제 나를 돌아본다.

"말한 대로 나는 적의 심장을 바치는 용사에게 크게 보답할 것이다. 최고 가치의 미르코인은 덤이지. 꿈꾸는 여왕으로서 나는 영웅의 꿈을 꾸어줄 것이야. 영웅이여, 네 꿈은 무엇인가?"

나는 어떻게 말해야 할지 몰라 그냥 솔직하게 말한다.

"저는 꿈같은 거 없어요."

"꿈이 없다라······."

여왕이 갸웃하더니 말한다.

"여기에 모인 다른 용사들처럼 전쟁의 신, Mars에게 가려는 게 아니고?"

나는 화성에는 가고 싶지 않다고 말하려다, 이곳이 미르난데임을 깨닫고 다른 걸 묻는다.

"고치 속의 아이는 어떤 꿈을 꾸고 있었나요?"

"그 아이는 자신만의 꿈을 꾸고 있었지."

"그 아이는, 전쟁의 신에게 가고 싶어 하나요?"

"내가 옅은 꿈에서 본 아이가 바로 너였지. 너는 네 꿈이 기억나지 않느냐?"

"기억나지 않아요."

"어쩌면 아직 깨닫지 못하는 것일지도."

여왕이 단을 내려오더니, 나와 눈높이를 맞추고는 속삭이듯 말한다.

"세상은 선택하는 것이란다. 하지만 선택한 대로 나아가지는 않지. 때로는 운명에 이끌리기도 하고……. 고치 속의 작은 아이야, 너는 전쟁의 신을 찾아가게 될 것이야."

나는 예언과도 같은 여왕의 말을 이해하지 못한다. 뭐라고 대답해야 할지도 모르겠다.

여왕이 이어 말한다.

"너는 궁금할 것이야. 네 앞에 놓인 길이 진정 네가 원하는 길인지……. 허나 명심하렴. 길이란 가보기 전에는 그 끝에 무엇이 있는지 알 수 없단다."

여왕은 내 눈을 들여다보더니, 의미 모를 미소와 함께 덧붙인다.

"고치 속의 아이야, 너는 그 길을 따라가겠느냐?"

모마스

한나는 플레이 룸으로 돌아왔다.

현실로 돌아오자마자 알게 된 것은 윤슬의 조언이 사실이라는 거였다. 유명해지면 광고가 붙고 후원이 따른다던.

크랙 씨가 한나를 따로 불렀다. 그는 흥분하며 함께 기뻐해주었다.

"넌 이제 스타가 된 거야. 전 세계가 지금 너의 이름을 연호한다고. 새매! 스패로 호크! 게다가 한나야, 더 멋진 소식이 있단다."

크랙 씨는 눈을 찡긋하며 계속 떠들었다.

"네가 미르난데에서 활약하는 동안 광고 문의가 빗발쳤어. 시장님도 너를 시 대표로 임명하기로 하셨고."

"시 대표요?"

"그래, 시장님이 너에 대한 관심이 대단하셔. 당연히 네

가치를 한껏 활용하려고 하시지. 왜 아니겠니, 넌 이제껏 이 도시에서 가장 높은 단계까지 간 참가자인데. 네가 우승이라도 하면 시에도 엄청난 혜택이 떨어지는데!"

한나는 사람들의 관심이 여전히 어색하고 부담스러웠지만 이내 마음을 고쳐먹었다. 윤슬의 말대로 이건 기회일 수도 있었다.

"시 대표가 되면 지원을 받을 수 있나요?"

"그럼! 시에서는 후원과 지원을 아끼지 않을 거란다. 엄연히 시를 대표하는데 당연하지……. 왜, 뭐 필요한 거라도 있니?"

"약이요."

"약?"

크랙 씨가 이해하지 못하는 눈으로 한나를 보았다.

이런 말을 해도 되는 걸까? 한나는 어떻게 말을 꺼내야 할까 하다가, 그냥 솔직하게 말했다.

"할머니의 약이 필요해요."

보르헤아 왕국에서의 전투 이후 새매와 친구들은 용사를 넘어 영웅 반열에 올랐다.

이전까지 새매와 친구들을 주목할 만한 팀 정도로 평가

하던 언론과 사설 도박 업체들도 이제 강력한 우승 후보 중 하나로 격상시켰다. 사람들 사이에 팬덤이 생겨났고 그중 새매의 팬이 가장 많았다.

한나는 아지트에서 친구들을 만났다. 보르헤아에서의 활약을 자축하기 위해서였다. 각자 거리 음식 하나씩을 사 왔고 집주인 윤슬은 음료를 내놨다. 한나는 아이들과 함께 지난번 세상을 이야기하며 웃고 떠들었다.

맨디가 한나를 두고 처음에는 아무것도 모르고 몽둥이만 휘두르던 초짜였는데 이제 엄연한 리더가 됐다며 칭찬했다. 사람들이 우리를 새매와 친구들이라고 부르는 게 그 증거라는 것이다.

"아쉽지만 인정할게. 지난 시즌까지는 내가 거의 리더였는데 말이야."

도래솔이 장난스럽게 말하자 맨디와 윤슬이 웃음을 터뜨렸다. 한나도 쑥스럽지만 함께 웃었다.

대화 주제는 한나의 화성행으로 이어졌다.

"한나, 너는 정말 화성에 안 갈 거야?"

도래솔이 묻자 맨디가 거들었다.

"같이 가자, 한나야. 우리가 다 같이 가면 정말 좋을 거야. 모든 게 갖춰진 세상에서 새 삶을 사는 거잖아."

한나의 의지는 분명했지만 이 순간 아이들의 기분을 망치고 싶지 않았다.

"그런 이야기는 우승한 다음에 해도 되지 않을까? 지금 떠들어봐야 김칫국 마시는 거잖아."

그때까지 지켜만 보던 윤슬이 말했다.

"화성에 너희 부모님이 계실지도 몰라."

한나는 놀라 윤슬을 보았다. 얘가 갑자기 무슨 말을 하는 거지?

윤슬이 말했다.

"전에 부모님이 IT 회사에 다니셨다고 했지? 또 먼 곳으로 출장 갔다 돌아오지 않으셨고……. 어쩌면 화성에 계실지도 몰라."

"그런 장난 하지 마. 나 화낸다?"

한나가 당황해서는 말했다. 그러나 윤슬은 진지했다.

"들어봐, 그때 네 이야기를 듣고 너희 부모님에 대해 알아봤어. 너희 부모님은 내가 아는 분들이셨어. 그것도 아주 유명한 분들이지."

"네가 우리 엄마 아빠를 안다고?"

"내가 지금 너희 아빠가 쓰신 책으로 프로그래밍 공부 중이거든. 두 분은 저명한 프로그래머셨어. 책도 여러 권

쓰셨고. 내 추측이 맞다면 두 분은 화성으로 출장 가신 거야."

한나가 말을 잇지 못하자, 맨디와 도래솔이 대신 자세히 말해보라며 윤슬을 다그쳤다.

"십이 년 전에 화성이 지구에 도움을 요청했어. 당시 기사를 찾아보니 '고압적이던 화성 정부가 지구에 도움을 요청한다는 사실이 놀랍다'라는 기사가 많았어. 아무튼, 내용은 전문가들을 보내달라는 거였어. 작가, 화가와 디자이너, 공학자……. 그중에 당연히 프로그래머도 있었고. 지구 정부는 언제나 그렇듯 화성을 돕기로 했고 이후 수백 명의 전문가가 화성으로 떠났어. 그중에 너희 부모님도 계셨을 거야. 출장 가신 게 그 무렵이라고 했으니까."

엄마 아빠가 화성에 가셨다고? 한나는 이제껏 그런 생각은 해본 적이 없었다. 할머니는 두 분이 어디로 출장 갔는지 아셨겠지만 말해주지 않았다. 할머니한테 물어볼까 하다가, 이내 답을 얻을 수 없을 거라는 생각이 들었다. 할머니는 요즘 혼자만의 시간에 빠지는 날이 많았다.

도래솔이 호기심 가득하니 말했다.

"건방진 화성 정부가 왜 지구에 도움을 요청한 걸까? 뭔가 음모가 있는 거 아냐?"

윤슬이 웃으며 그런 건 아닐 거라고 했다.

"내가 보기엔 미르난데와 관계가 있는 것 같아."

"미르난데랑? 그것 봐, 분명 음모가 있는 거야!"

"시끄러워! 넌 맨날 화성의 음모 타령이냐?"

맨디가 도래솔을 타박하더니 윤슬을 보챘다.

"계속해봐. 그래서 네가 내린 결론은 뭔데?"

"당시는 화성이 지구에 미르난데를 선물한 지 얼마 안 된 때였어. 내 생각에는, 미르난데 업그레이드를 위해 지구의 전문가들을 데려간 게 아닐까 싶어. 스토리 텔러나 그래픽디자이너 같은. 프로그래머도 그렇고. 당시 화성에는 그런 인력이 많지 않았거든."

"근데 왜 안 돌려보내? 다른 전문가들도 돌아오지 못한 거야?"

"거기까진 나도 몰라."

친구들이 떠드는 동안 한나는 멍하니 듣기만 했다. 머릿속이 새하얘져 생각을 할 수 없었다. 윤슬이 손을 잡는 바람에 정신이 들었다.

윤슬이 말했다.

"내가 이런 이야기를 하는 건, 너는 부모님이 정말 화성에 계신지 확인해볼 수 있다는 거야. 네가 마음만 먹는다면.”

화성에 가서 부모님을 찾으라고? 한나는 여전히 아무 말도 할 수 없었다. 윤슬이 잡은 손을 꼭 쥐며 말했다.

“그냥 생각해보라고, 아직 시간은 있으니까.”

“그래, 생각해볼게.”

한나가 할 수 있는 말은 그것뿐이었다.

며칠 후 누군가 한나를 찾아왔다. 인상 좋은 여자였다. 학교가 끝나는 시간에 맞춰 교문 앞에서 기다리던 여자는, 한나를 발견하고는 다가와 대뜸 물었다.

“새매 양이죠?”

한나는 놀라서 주위를 둘러보았다. 다행히 주변에 친구들은 없었다. 한나는 경계하며 말했다.

“누구세요?”

“나는 ‘모마스’의 mo23이라고 해요.”

처음 듣는 비밀 기관의 암호 같았다.

“참 인상적인 이름이네요. 저를 어떻게 알고 찾아오신 거예요?”

여자는 한나의 질문에는 대답하지 않고 말했다.

“이야기 좀 나눌 수 있을까요?”

"저 지금 알바 가야 하는데요?"

여자는 알바가 언제 끝나는지 물었다. 저녁때라도 다시 만나고 싶다면서 강조했다.

"꼭 만났으면 해요. 새매 양의, 아니 한나 양의 도움이 필요한 일이에요."

모르는 사람이 자신의 본명까지 아는 게 의심스러웠다. 그러나 도움이 필요하다는 말에 한나는 약해졌다. 식당 일이 끝나는 시간에 약속을 잡았다.

분명 처음 보는 사람이었다. 나를 어떻게 아는 걸까? 내가 새매라는 사실을.

핸드폰으로 모마스라는 이름을 검색해보니 기관이 아니었다. Mother of Mars, 줄여서 모마스(MoMars)라고 부르는 시민 단체였다. 어떤 게시물에서는 그들을 과격 지하 단체로 규정했지만 홈페이지까지 만들어 활동하는 걸 보니 그런 것 같지는 않았다.

그들은 식량과 자원을 약탈하는 화성으로부터 지구를 지켜야 한다고 주장했다. 더는 화성의 지구 약탈을 방관해서는 안 된다는 것이다. 그들은 화성과 지구의 불공정한 속국 관계를 끊고 두 행성을 동등하게 만드는 것을 목표로 삼았다. 그게 '화성인들의 어머니 행성'인 지구의 위상을 되찾는 길이라는 것이다.

어쩌면 그들이 정말로 과격 단체일 수 있겠다는 생각이 들었다. 그러나 한나가 알기로, 화성에 반대하는 단체 대부분이 그런 주장을 폈다. 사람들에게 공감받지 못하는 비현실적인 주장들.

그럴수록 한나는 궁금해졌다. 그런 모마스가 왜 자신을 찾아온 걸까. 나한테 무슨 도움을 받겠다는 거지?

"우리는 한나 양을 지켜보고 있었어요, 처음부터."

알바가 끝나는 시간에 맞춰 찾아온 mo23은 한나를 카페로 데려갔다. 덕분에 한나는 케이크를 먹을 수 있었다.

딸기가 올려진 생크림케이크를 크게 떠먹으며 한나가 물었다.

"왜 저를 지켜보는데요?"

"우리 단체에 대해서는 알고 있나요?"

한나는 몰랐지만 낮에 검색해봤다고 시인했다.

"어떤 활동을 하시는지는 알 것 같아요. 근데 낮에도 물었지만, 왜 저를 찾아오신 거예요?"

"새매와 친구들이 우승 후보니까요."

한나는 케이크 맛을 음미하다 눈을 크게 떴다.

"그게 왜요?"

"말 돌리지 않고 말할게요. 우리는 미르난데가 화성 정부의 교묘한 선동 수단이라고 생각해요. 예전에 지구에 대한 화성의 약탈이 심해지자 지구인들의 반발과 저항이 거세졌어요. 한나 양은 어려서 몰랐겠지만 지구 정부가 전복될 정도였어요. 바로 그때 화성이 지구에 미르난데를 선물했어요. 이후 사람들이 미르난데에 빠지면서 반발과 저항이 가라앉았고."

"그 정도는 저도 알아요. 그런데요?"

"우리가 주장하는 건 지구와 화성이 동등해지고 지구인들이 정당하게 화성에 이주하는 거예요. 지금처럼 일 년에 티켓 한 장 얻는 게 아니라."

"그래서요?"

"우리는 미르난데가 화성의 선동 수단이라는 걸 확신하고 그걸 막으려고 해요. 그러려면 미르난데 우승자의 도움이 필요해요."

"저는 우승자가 아닌데요?"

"하지만 유력한 우승 후보죠. 이번 미르난데에서 새매와 친구들이 활약하는 걸 봤어요. 언론이 떠드는 것처럼 우리도 한나 양과 친구들이 우승에 가장 근접해 있다고 생각해요.”

한나는 내심 당황스러웠다. 사람들의 관심도 부담스러운데 반화성 단체까지 찾아올 줄은 몰랐다.

“저한테 뭘 원하는데요?”

“한나 양이 우승하면, 화성에서 우리가 원하는 걸 해줬으면 해요. 알다시피 화성에는 아무나 들어갈 수 없으니까요. 하지만 미르난데 우승자는 당당하게 들어갈 수 있죠.”

“거기서 뭘 하는데요?”

“자세한 건 아직 말해줄 수 없지만, 우리는 미르난데 무력화 작전을 펼칠 거예요. 화성 내부에서요.”

“작전이라니 왠지 과격하게 들리네요.”

“이건 중요한 일이에요, 한나 양. 지구를 위해, 전 세계 사람들을 위해서요. 누군가는 꼭 해야만 하는 일이죠.”

한나는 mo23과 눈을 마주치지 않고 케이크를 떠먹으며 생각했다. 이 여자는 새매의 팬으로 찾아온 게 아니었다. 모마스라는 단체는 자신들의 계획을 도와줄 협력자를 찾고 있었다. 낮에 읽은 게시 글처럼 이들이 과격 단체일지 모른다는 생각이 들었다.

“혹시요.”

한나가 mo23을 보았다.

모마스 121

"제가 처음이 아니죠? 그러니까 제 말은……."

그녀가 먼저 시인했다.

"맞아요, 우리는 오랫동안 이 계획을 준비해왔고 우리 대신 화성에 가줄 사람을 찾고 있었어요. 매년 우승 후보들과 접촉했고 우리 계획에 공감하는 후보도 여럿 만났어요. 대부분 우승권에서 멀어졌지만."

"올해는요? 제가 처음인가요?"

"사실 우리가 접촉하던 다른 우승 후보가 있었어요. 그는 우리 단체의 열혈 회원이었고 화성에 갈 가능성도 가장 높았죠. 새매에게 밀려나기 전까지는……."

검은 늑대. 그가 모마스가 주목하던 우승 후보였다.

한나는 마음을 정했다. 이야기를 들으면서는 긴가민가했는데, 미르난데에서 그토록 악명을 떨친 검은 늑대가 모마스 회원이었다니 신뢰감이 뚝 떨어졌다.

"다른 우승 후보를 찾으시는 게 좋을 것 같아요."

mo23이 난감한 표정으로 물었다.

"거절하는 건가요?"

한나는 으쓱하고는 말했다.

"저는 제가 우승 후보라고 생각하지 않아요. 운이 좋아 우승한다고 해도 저는 화성에 갈 생각이 없거든요."

mo23이 놀란 표정을 지었다. 한나는 내심 그녀의 표정을 즐기며 말했다.

"정말이에요. 저는 화성에 안 가요. 사람 잘못 찾아오신 거예요. 찾아와주셔서 감사하고 음료와 케이크는 잘 먹었습니다."

일어서는 한나에게 mo23이 말했다.

"어쨌든 한나 양의 우승을 빌어요. 그리고 제안은 다시 한번 생각해봐요. 생각이 바뀔 수 있으니."

한나가 말했다.

"그럴 일은 없어요, 절대로."

변화

눈을 뜨자마자 되뇌었다. 경기장 가는 날이야.

창밖은 아직 캄캄해서 더 잘 수 있었지만, 계속 같은 말만 곱씹었다. 오후에는 콜로세움에 가야 해.

한나는 요즘 생각이 많아졌다. 지난번 아지트에서 윤슬의 말을 들은 뒤부터였다. 그동안 잊고 있던 엄마 아빠가 자주 생각났고 정말로 화성에 계신 걸까 궁금했다.

이어지는 생각들. 만약 미르난데에서 우승한다면 화성에 가야 하는 걸까? 그곳에서 부모님을 찾아야 할까? 그럼 할머니는 어떻게 하고? 할머니에까지 생각이 미치자 한나는 벌떡 일어나 앉았다.

할머니를 두고 갈 수는 없어. 할머니한테는 나쁜이야.

새벽어둠 속에서 한나는 다시 다짐했다. 애초에 할머니를 위해 미르난데에 참가한 거잖아. 지난번 세상에서 돌아왔을 때, 크랙 씨가 할머니 약을 구할 수 있을지 알아보겠다고 했다. 그 때문에라도 오늘 콜로세움에 가야 해.

한나는 더 자는 걸 포기하고 일어났다. 방을 나가 안방 문을 열어보니 할머니가 깨어 있었다. 할머니는 원래 새벽잠이 없었다.

할머니가 웃으며 말했다.

"왜 벌써 일어났니?"

할머니는 기분이 좋아 보였다. 한나는 다가가 곁에 앉으며 조심스럽게 말했다.

"할머니, 엄마 아빠는 어디 있어요?"

"출장 갔다고 했잖니."

"어디로 출장 간 건데요?"

할머니가 한나를 보았다. 한나가 다시 말했다.

"출장 간 데가 화성이에요? 엄마 아빠가 화성에 간 거냐고요."

할머니가 고개를 끄덕이더니 말했다.

"곧 올 거란다, 주말에."

"주말에요?"

"그래, 이번 주말에…… 돌아올 거야."

한나는 더는 묻지 못하고 할머니를 바라보기만 했다.

할머니는 부모님이 돌아오면 오랜만에 시내에서 함께 외식을 하자고 했다. 그러면서 덧붙였다.

"이번엔 네 아빠가 무슨 선물을 사 온다고 했니?"

항상 같은 말. 한나는 자신도 모르게 울컥했다.

"괜찮아요, 할머니."

"뭐가?"

"엄마 아빠가 어디로 갔든 상관없어요. 화성에 있든 말든 저는 관심 없어요."

할머니가 멀뚱히 보기만 했다. 한나는 할머니를 안으며 말했다.

"할머니랑 나, 우리 둘이면 충분하다고요."

그리고 오늘 무슨 일이 있어도 할머니의 약을 얻겠다고 다짐했다.

햄앤버거스에 출근한 한나는 야간 근무를 한 직원들과 교대했다.

퇴근하던 만수 아저씨가 한나에게 오늘 경기에 나가느냐고 물었다. 그렇다고 대답하자 아저씨는 자기도 저녁때 콜로세움에 갈 거라고 했다. 하루 휴가까지 냈다고 했다.

"넌 오늘도 잘 해낼 거야, 지난번처럼."

한나는 괜히 부끄러워졌다.

식당 사람들과는 교대할 때 인사만 나누는 정도였는데, 한나가 새매라는 게 알려지고 지난 세상에서 영웅이 된 뒤로는 다들 팬이 됐다며 아는 척을 해주었다.

말을 섞은 김에 아저씨는 궁금한 걸 물었다. 경기하는 동안 관중들 소리가 들리느냐고. 한나는 고개를 저었다.

"거기서는 현실의 소리가 안 들려요."

한나는 아저씨가 미르난데에 출전할 수 없기에 궁금해 할 수 있다고 생각했다.

"거긴 완전히 다르거든요. 그러니까, 일단 미르난데 세상에 들어가면요."

아저씨가 알아들었다는 듯 웃었다.

"그래도 우리가 널 응원하고 있다는 걸 알아줘. 지난번 엔 난리도 아니었어. 새매가 아이스 드래건을 강으로 유인할 때는 함성이 너무 커서 콜로세움이 무너져 내리는 줄 알았다니까? 오늘도 다음 세상으로 진출하기를 응원할게."

"고맙습니다. 저도 노력할게요."

야간 근무를 한 직원들이 돌아가고 한나는 출근한 선주와 함께 점심 장사 준비를 했다.

사장이 출근하자 한나는 그녀에게 다가갔다. 사장은 예

의 표독스러운 눈으로 한나를 바라보았다.

"가불해달라는 얘기할 거면 아예 잘라버린다?"

한나는 그게 아니라 오늘 조금 일찍 퇴근하고 싶다고 말했다. 사장이 눈살을 찌푸렸다. 긴장한 한나는 오후에 중요한 일이 있어서 그렇다며, 대신 다음 주말에 더 연장해서 일하겠다고 덧붙였다.

"얘, 너한테 이 일보다 중요한 게 있니?"

사장이 비웃으며 한나를 훑어보았다.

"너 일 시작할 때 할머니가 아프다고 하지 않았니? 그러니 꼭 일하게 해달라고 사정하지 않았어?"

한나는 주먹을 꽉 쥐었다. 매번 사람 자존심을 긁는 사장을 쏘아보고 싶었지만, 차마 그러지 못하고 바닥만 보았다. 반항하는 낌새라도 보였다가는 당장 잘릴 터였다. 햄앤버거스 사장에게 밉보여 해고된 종업원이 한둘이 아니었다.

"이제 여유가 생기니 주말에 놀러 나가겠다는 거니?"

사장이 손가락으로 한나의 이마를 콕 찔렀다.

"하여간 요즘 애들은 못 말려요. 전부 자기 생각만 한다니까."

결국 한나는 그녀를 쏘아보았다.

"이래서 부모 없는 애들 쓰면 안 돼. 매번 신경 거슬리게 하잖아."

기어이 한나가 말했다.

"그게 무슨 말씀이세요? 지금 부모님 얘기가 왜 나오는 건데요?"

사장의 눈이 커지며 어이없는 표정이 되었다.

"사정이 생겨서 말씀드리는 거잖아요. 그런데 왜 부모님 얘기를 하세요? 그 말씀 사과해주세요."

짝. 사장이 한나의 따귀를 때렸다. 고개가 돌아간 한나는 너무 갑작스러운 상황에 눈물이 핑 돌았다.

"이런 버릇없는 애인 줄 진작 알아봤어야 했는데."

한나는 돌연 두려워졌다. 사장의 입에서 해고라는 말이 나올까 봐. 지금이라도 사과해야 할까? 하지만 그러기에는……

"그런 말대꾸할 거면 당장 때려치워!"

이건 부당했다. 잘못한 건 자신이 아닌데. 한나는 그런 사장을 노려보았다.

"허, 뭐 이런 게 다 있어?"

사장이 다시 커다란 손을 치켜들었다. 한나는 이를 악물었다. 이번에는 맞기만 하지는 않겠다고 생각하며 주먹을 꽉 쥐었다.

"경기장에 가야 해요!"

사장이 멈칫 돌아보았다.

선주가 서 있었다. 다른 직원들은 나서지 못하고 지켜보기만 했는데, 선주가 떨리는 목소리로 말했다.

"한나는 오후에 콜로세움에 가야 해요……. 오늘 미르난데가 있는 날이에요."

사장은 그제야 날짜를 기억하고는 다른 데 생각이 미친 듯했다. 사람들이 한나를 지켜볼 거라는 생각. 그녀도 한나가 새매라는 걸 알고 있었다.

"하여간 미르난데인가 뭔가가 애들을 다 망쳐놓는다니까."

사장은 한나에게 욕을 쏟아냈다. 이어 직원들에게 "뭘 쳐다봐! 일들 안 해?"라고 소리치며 사무실로 들어갔다.

한나는 비로소 숨을 크게 내쉬었다. 그러자 고였던 눈물이 흘렀다. 선주에게 고맙다는 말을 하고 싶었지만 몸이 떨려 말을 꺼낼 수 없었다. 선주가 사무실 쪽을 의식하며 입모양으로만 힘내라고 속삭였다.

한나는 간신히 고개만 끄덕이고 눈물을 닦았다.

한나는 일을 마치고 경기장까지 걸어갔다.

사장은 한나가 일하는 내내 곁에서 어슬렁거리며 트집을 잡았다. 하지만 점심시간이 지나고 브레이크 타임이 되자 한나를 퇴근시켜주었다.

그럴 수밖에 없었다. 한나는 시에서 후원하는 대표 참가자였으니까. 경기를 치르지 못하면 식당에 어떤 압력이 들어올지 몰랐다. 무엇보다 사장은 사람들의 비난이 두려웠을 것이다.

한나는 사장에게 대든 자신을 곱씹었다. 이제껏 한나는 그런 식으로 말대꾸해본 적이 없었다. 특히 사장처럼 권위적이고 폭력적인 사람한테는. 그건 자신도 예상하지 못한 행동이었다.

언젠가 할머니가 해준 말이 생각났다. 지금은 옛날이 아니라고. 할머니가 한나 나이였을 때는 사람들이 서로 존중하며 도왔지만 지금은 그렇지 않다고. 가진 자들의 힘과 논리가 우선인 세상이 되어버렸다고 말이다.

한나는 할머니의 병이 악화되어 일찍 일을 시작했고, 그러면서 그 말이 무슨 뜻인지 알게 됐다. 책에서 읽은 세상과 현실은 달랐다. 부자들이나 힘 있는 이들 눈 밖에 나지 않아야 버틸 수 있는 시절이었다. 한나는 그것들을 배워가는 중이었다.

그런데 오늘 한나는 사장에게 반항했다. 그녀가 한 번 더 폭력을 휘두르면 맞설 생각으로 주먹을 꽉 쥐었었다. 그건 무모한 행동이었고 자칫 알바를 못 하게 될 수도 있었다.

한나는 자기가 어떻게 그럴 수 있었는지 생각하다가, 미르난데 때문이 아닐까 하는 생각이 들었다. 사실 미르난데에 들어가면서 자신이 변하고 있다는 걸 느끼고 있었다. 생생한 미르난데에서 자신을 새롭게 발견하고 미션을 치르는 동안 용기가 차오르는 느낌이랄까.

그래서 사장에게 대들 수 있었던 걸까? 확신할 수는 없었다.

콜로세움에 도착한 한나는 겉옷의 후드를 눌러썼다. 지난번 세상 이후 알아보는 사람이 많아져서였다. 한나는 곧장 참가자 입구를 통과해 대기실로 향했다.

대기실에는 처음보다 사람이 많이 줄었지만 새로 충원된 참가자들이 있었다. 대거 탈락한 다른 경기장에서 통합된 참가자들이었다.

크랙 씨가 두 팔을 벌리며 한나를 맞았다.

"어서 오너라, 우리 시의 영웅!"

그가 한나를 참가자들 앞에 세우더니 손뼉을 쳤다.

"주목! 다들 여기 보세요. 지금까지 우리 시에서 가장 많은 성과를 이룬 한나 양이에요. 지난 세상들에서 한나 양이 어떤 활약을 펼쳤는지는 다들 알 거예요. 여러분도 더 좋은 성과를 거두기 위해서는 여기 한나 양을 본받아야 해요."

다들 크랙 씨의 말에 귀 기울이며 한나를 힐끔거렸다. 동경과 질투의 눈빛들이었다. 한나는 그 시선들을 애써 외면했다. 크랙 씨의 한바탕 연설이 끝난 후에 다들 플레이룸으로 향했다.

한나에 대한 관심이 크긴 큰 모양이었다. 이번 주부터 한나에게만 엔지니어가 추가로 배정됐고, 크랙 씨까지 따라오며 지난 경기를 분석해 주의 사항을 알려주었다.

"지난번엔 정말 잘했어. 물론 오늘도 잘할 거고. 한 가지 주의할 점은, 오늘은 되도록 본령을 쓰지 말라는 거야. 전술상 리스크가 될 수 있어. 본령은 다음 세상에서 제대로 활용하자, 알겠지?"

슈트를 착용하고 신체 제어기에 연결되는 동안 한나는 계속 알겠다고 대답했다.

하지만 생각은 달랐다. 이 사람들은 기록만 보고 말하고 있었다. 기록과 실제는 달랐다. 한나는 이제 몸으로 알고 있었다.

크랙 씨가 긴장을 풀어주려는 듯이 말했다.

"오늘도 미션을 깬다면 좋은 일이 생길 거야. 너와 네 할머니를 위한 좋은 일. 내 장담하마. 그러기 위해서 오늘 네가 뭘 해야 하는지 알지?"

한나는 그의 말이 응원인지 협박인지 알 수 없었다. 그러나 뭘 해야 하는지는 알았다. 할머니를 위해 미션을 깨야 한다.

크랙 씨가 엔지니어들과 함께 제어실로 들어간 뒤 한나는 자신을 추슬렀다. 다 잘될 거야. 새매와 친구들은 상승세였고, 든든한 윤슬이 있었다.

그 아이를 생각하니 한나는 얼굴이 붉어졌다. 어서 미르난데에 들어가 윤슬을 만나고 싶었다.

떠버리

나는 하얀 길 위에 서 있다.

지금은 새벽이고 달은 보이지 않는다.

지평선 너머로 밝아오는 여명 속에서 목에 두른 스카프를 끌어 올려 얼굴을 가린다. 이곳의 공기는 정말 차다.

지난번에는 가을이었는데 지금은 겨울이다. 눈 쌓인 풍경에 적막감이 감돈다. 차가운 공기에서는 원초적 기운마저 느껴진다.

나는 이곳이 미르난데 속 세상이라는 걸 안다. 눈앞에 펼쳐진 풍경과 오감으로 느끼는 모든 게 진짜라는 걸 알지만, 꿈꾸는 동안 그것이 꿈속이라는 걸 인지하는 것처럼 나는 이 진짜가 실재가 아님을 안다. 거기서 오는 안도감.

이곳에서 나는 꽁지머리의 중세시대 사냥꾼이다. 나만의 온전한 캐릭터. 나는 내 모습이 마음에 든다. 나는 내가 원하는 걸 할 수 있고 좀 더 능력을 쌓는다면 더한 것도 될 수 있다. 거기서 오는 자신감.

길을 따라 걸어간다. 한동안 걸어가니 눈 덮인 언덕에 오두막이 보인다.

이정표가 없어도 저곳이 내 목적지라는 걸 안다. 아마도 친구들이 기다리고 있을 것이다. 섀도가 도착했을지 궁금하다.

나는 참지 못하고 뛰어간다.

오두막에 들어서자 모닥불 주위에 친구들이 모여 있다. 모두가 내 친구는 아니다. 도래솔과 로브의 후드를 눌러쓴 작은 아이 셋이다. 이름 없는 자들.

당황한 나는 도래솔에게 눈짓으로 묻는다.

그가 태연히 말한다.

"그대의 이름은 무엇인가?"

"새매."

"와서 앉아."

도래솔이 웃으며 빈자리를 가리킨다. 나는 가리킨 자리에 앉는다. 도래솔은 모닥불 위에 올려진 낡은 주전자에서 차를 따라 내게 건넨다.

"라벤더 향이 나는 차야. 정말 라벤더가 들어갔는지는 모르겠지만."

그것을 받아 마시며 언 몸을 녹인다. 그러면서 상황을 파악한다.

이건 예상하지 못한 상황이다. 항상 우리끼리 미션을 수행했는데 이름 없는 자들이 왜 여기 있는 거지? 도래솔에게 물어볼까 하다가 기다리기로 한다. 아직 섀도와 맨디가 도착하지 않았으니까.

그때 문이 열리며 찬바람이 휘몰아치더니 두 친구가 들어선다.

"그대들의 이름은 무엇인가?"

도래솔이 묻자 둘이 차례로 말한다.

"도둑."

"섀도."

"와서들 앉아."

나는 옆자리에 섀도를 앉게 한다. 도래솔이 따라주는 잔을 받아 건넨다.

"라벤더 향이 나는 차래. 라벤더가 들어갔는진 모르겠지만."

섀도가 잔을 받으며 미소 짓는다. 나는 얼굴이 붉어진

다. 괜히 웃음이 터지려는 걸 참는다.

맨디가 나처럼 놀란 눈으로 친구들을 보자 도래솔이 말한다.

"너희가 뭘 묻고 싶은지 알아. 이름 없는 자 셋이 왜 여기 있는지 궁금하겠지. 이 아이들은 오늘 우리와 함께 여행할 거야."

우리는 서로를 본다. 그리고 반발한다.

"그게 무슨 게딱지 같은 소리야?"

"이 애들은 경험도 능력도 없어. 그러니 아직 이름 없는 자들인 거고."

"분명 방해만 될 텐데. 이건 누구 생각이야?"

"설명할게."

도래솔이 우리를 제지하더니 말한다.

"나도 여기로 오면서 이 아이들을 만났어. 어디로 가야 할지 모르고 배회하고 있더라고. 그중 한 아이가 내게 묻는 거야. 내가 그 유명한 새매와 친구들이냐고, 그중 '흰 로브의 마법사' 아니냐고. 이 셋 중 누구였는지 묻지 마. 나도 이름 없는 자들을 구분할 수 없으니까. 아무튼 내가 맞다고 하니까 자기들도 데려가달라고 부탁하더라."

흰 로브의 마법사 도래솔은 라벤더 향이 나는 차를 한

모금 마시고 말을 잇는다.

"그런 건 지금까지 없었던 상황이라 나는 이 아이들이 내 앞에 나타난 의미가 뭘까 생각했어. 그리고 깨달았지, 우리가 이들과 동행해야 한다는 걸. 결정을 내리니까 우리의 미션이 뭔지도 떠올랐고."

"함께 움직여야 한다고? 그리고 미션이 떠올랐다고? 어떻게?"

"그냥 알게 됐어. 너희가 이 오두막이 시작 장소라는 걸 아는 것처럼."

도래솔에게 어느덧 대마법사의 풍모가 엿보인다. 그는 그에 걸맞은 지혜를 갖고 있다.

"그래서 이번에는 목표가 뭔데? 어떤 미션이야?"

"안개, 쿠르트야 그리고 플로우."

도래솔이 읊조린다. 나는 그것을 속으로 되뇌인다. 안개, 쿠르트야, 플로우.

"해가 뜨고 모닥불이 꺼지면 출발할 거야. 그때까지 쉬며 대비하도록 하자. 섀도, 어둠을 펼쳐줄래?"

섀도가 끄덕이고는 자신의 본령을 펼친다. 어둠이 친구들을 하나씩 잠식하며 오두막 안이 새카매진다. 아무것도 보이지 않는다.

다시 경이로움을 느낀다. 이미 경험하지 않았다면 공포에 질렸을 거다.

나는 안다. 지금 이름 없는 자들이 비명을 지르고 있다는 걸. 나도 그랬으니까. 섀도의 어둠은 소리마저 묻어버린다. 그가 허락하기 전까지는.

섀도가 목소리를 허락하고, 방랑하는 마법사에게서 산 어둠을 밝히는 빛을 켠다.

눈앞에 불꽃이 피어오른다. 모닥불이다. 이어 그것의 온기가 느껴지고 아이들을 알아볼 수 있게 된다. 역시나 이름 없는 자들이 울고 있다.

맨디가 재미있다는 듯 말한다.

"울지 마라, 꼬맹이들. 명심해, 이게 우리 영웅들의 능력이시다."

"애들 놀리지 마, 도둑놈아. 너도 처음에는 놀라서 오줌 지렸잖아."

도래솔의 말에 섀도와 내가 웃음을 터뜨린다. 맨디는 작게 투덜거린다.

이제 온전하게 우리만의 시간이다.

각자의 경험들로 우리는 미르난데를 파악했다. 지금 밖에서는 우리를 지켜보고 있다. 우리의 모든 활동은 정보로

저장되고 사람들은 우리의 말과 행동을 보고 듣는다. 그것은 사람들에게 드라마를 선사하지만 부작용도 유발했다. 우리와 경쟁하는 다른 참가자들도 경쟁자의 의도와 계획을 예측할 수 있게 된 것이다.

그래서 미르난데는 오류를 보완했다. 이른바 '본령의 시간'을 만든 것이다.

우리는 각자 본령을 가졌고 그것이 발현되면 누구도 간섭할 수 없다. 바깥의 사람들도, 미르난데조차도 우리의 대화를 들을 수 없다.

지금은 섀도의 본령의 시간이다.

우리는 그의 어둠 안에서 계획을 세운다. 미르난데가 이 작은 아이들을 붙여준 의도가 무엇일지 파악한다. 그러나 답을 알 수 없다. 결국 도래솔이 우리에게 아이를 하나씩 붙여주고 흩어져 단서를 찾기로 한다.

그런 뒤에 도래솔이 섀도와 시선을 교환하며 말한다.

"너는 정말로 할 생각이야?"

내가 모르는 눈빛이다. 섀도는 나와 아이들을 의식하고 그저 고개만 끄덕인다. 둘 사이에 뭔가가 있다. 내가 모르는 그들만의 비밀에 질투가 난다.

나는 섀도를 보고 그가 내 시선을 피하자 눈을 흘기며

소리 없이 다그친다. 섀도가 내 손을 잡는다. 나는 토라져 손을 빼지만 섀도가 놓아주지 않는다.

그는 나중에, 미르난데 밖에서 설명해주겠다고 내게 속삭인다.

해가 떠오른 뒤 오두막을 나온다.

갈림길에서 각자의 길을 고른다. 아이들이 먼저 선택할 기회를 주기에 나는 내가 갈 길을 선택한다. 길라잡이 꽃이 핀 가운데 길.

맨디는 북쪽을 택하고 섀도는 서쪽으로 향한다. 도래솔은 스스로 길을 찾아올 것이다.

나는 눈 쌓인 길을 걸어간다. 이름 없는 아이는 곁에 붙었다 뒤로 처졌다 반복하며 쫓아온다. 얼마 가지 않아 아이가 수다쟁이라는 걸 알게 된다.

처음에는 내 눈치를 보며 묻는 말에만 답하더니, 내가 몇 번 웃음을 터뜨리자 이내 자기 이야기를 늘어놓기 시작한다. 질문을 쏟아내며 자기가 쓸모 있다는 걸 보여주려고 애쓴다. 심지어 돌멩이 네 개로 저글링을 보여준다.

지난 세상에서 마술사를 쫓아다니며 배운 기술이라고 자랑하더니, 그 마술사가 얼마나 무능한지 미션을 깼는데도 아직 이름을 얻지 못했다고 투덜댄다.

"이제 보니 너 떠버리구나?"

나는 아이를 보며 웃는다. 사람을 즐겁게 하는 녀석이다. 하지만 아이는 내가 지어준 별명이 싫은 모양이다.

"있지, 나를 떠버리라고 안 불렀으면 좋겠어. 지난번 마술사도 그렇게 부르던데 나는 그 이름 싫어. 꼭 아무 역할도 못 하는 단역 같잖아. 아까 마법사의 설명을 들으면서 생각한 건데, 이번 세상에서 이름을 얻게 되면 고독한 늑대로 지을까 해. 왠지 있어 보이는 이름 같지 않아?"

나는 검은 늑대를 떠올린다. 아이가 그를 안다면 그런 이름은 택하지 않을 텐데. 나는 무심하게 말한다.

"센 이름이지. 네가 살아남아 그 이름을 갖게 되길 바랄게."

우리는 쿠르트야와 플로우가 뭘까 떠들다가 안개에 관해 추측한다. 떠버리는 그중 어떤 게 진짜 미션일지 궁금해한다. 나 역시 그렇다.

풍경이 달라진다. 산맥이 모습을 드러내고 거기서 뻗어나온 지형이 가팔라진다.

어디로 향하는지 모르지만 우리는 계속 길을 따라간다.

미르난데에 길이 있다는 건 방향과 목적지가 있다는 의미이기 때문이다.

비탈진 숲의 샛길을 따라 올라간다. 뒤에 처진 떠버리가 헐떡이며 떠드는 소리가 들려온다. 나는 숲 위로 솟은 바위에 올라 주위를 살핀다. 우리가 지나온 설원과 산맥 지대 경계가 보인다. 북쪽으로는 눈 덮인 산맥이 지리하게 이어지고 있다.

바람 속에 펼쳐진 거대한 풍광에 압도된다.

문득 내가 미르난데를 즐기고 있다는 걸 깨닫는다.

처음 미르난데에 들어왔을 때 나는 궁금했었다. 이런 풍경은 현실을 재현한 것일까 하고. 미르난데는 아직 쇠락하기 전의 지구를 구현한 것일지 모른다고.

지금은 다른 생각이다. 이곳에는 내가 현실에서 배우지 않은 것들로 가득하다. 그 때문에 지금은 다른 곳을 모사한 거라 생각한다. 이를테면 화성의 어떤 곳.

첫 번째 달이 뜨기 전에 야영할 곳을 찾는다. 바람을 피할 곳을 찾지만 그러지 못하고 대신 굵은 자작나무 아래에서 밤을 보내기로 한다.

떠버리가 땔감을 모아 불을 피우는 동안 나는 주위를 살펴본다. 숲 가장자리까지 가보지만 위험한 건 없어 보인다. 겨울바람에 구름이 끼지 못한 밤하늘에는 별이 가득하다. 뒤늦게 뜬 두 번째 달이 보인다.

야영지로 돌아오니 모닥불 위에 고기가 익고 있다. 떠버리가 다람쥐 두 마리를 잡았다고 자랑한다. 나는 아이를 칭찬하고 함께 고기를 나눠 먹는다.

그때 어떤 소리가 들린다. 귀 기울여보니, 쌓인 눈이 밟혀 그 속의 마른 잎이 바스락거리는 소리다.

나는 신경이 곤두서며 주위를 살핀다. 아까 둘러볼 때 아무것도 보지 못했는데. 소리 죽여 주위를 배회하는 게 분명 호의적인 것은 아니다.

떠버리가 겁먹고 내 뒤로 숨는다. 나는 녀석에게 떨어지라 명령하고 재빨리 활을 꺼내 펼쳐 고자에 시위를 건다. 화살 하나를 시위에 메겨 주위를 살핀다. 소리에 집중해 정체가 뭔지 추측한다.

불빛을 발견한 산적일까? 고기 냄새를 맡은 들짐승?

소리의 움직임이 빨라진다. 기회를 엿보던 놈들이 기어이 기습을 결정한 것이다. 사방으로 흩어지는 게 최소 네댓이다. 우리를 포위하며 점점 좁혀온다.

나는 판단한다. 겁먹은 아이를 데리고는 놈들을 상대할

수 없다. 먼저 기선을 잡아야 한다.

　잠시 소리에 집중하고, 일어나서 뒤편 자작나무 사이로 화살을 쏜다. 날카로운 비명이 들리더니 사방에서 성난 울부짖음이 들려온다. 다시 떠버리 어깨너머로 화살을 날린다. 비명이 들리고 나머지 놈들의 소리가 조심스러워지더니, 이윽고 조용해진다.

　놈들이 포기하고 돌아간 모양이다.

　비로소 긴장을 푼다. 떠버리의 두 눈이 후드 속에서 나를 보고 있다. 두려움인지 동경인지, 다른 무엇인지 알 수 없는 눈초리다. 나는 떠버리의 눈빛을 무시하고 놈들이 다시 나타날지 모르니 교대로 자자고 말한다.

　내가 먼저 불침번을 서기로 한다.

　해가 뜨고 떠버리가 짐을 챙기는 동안, 나는 어제 내가 쏜 화살에 맞은 것을 확인한다.

　어젯밤 소리가 난 곳에 가보니 새벽 서리에 하얗게 뒤덮인 것이 죽어 있다. 머리가 둘 달린 갯과의 작은 맹수다. 어금니의 크기가 상당한 게 직접 마주쳤다면 상대하기 버거웠을 것 같다.

　화살을 회수하며 보니 피가 묻어나지 않는다. NPC다.

이것들은 우리의 체력을 깎아먹고 여정을 지체시킨다.

다시 길을 나서면서 떠버리의 수닷거리가 바뀌었다는 걸 알게 된다. 나에 관한 거다.

떠버리는 지난밤 내 활약이 정말 대단했다고 떠들고, 그 못생긴 것을 향해 화살을 쏠 때 내 눈빛이 얼마나 무서웠는지 모른다며 칭찬한다. 그러면서 자기도 이름을 얻고 무기를 갖게 되면 활을 선택하겠다고 한다.

나는 웃음이 터지며 괜히 우쭐해진다.

늙은 여인의 말

높은 산길을 올라간다. 걷는다기보다 기어오른다는 표현이 맞을 정도다. 기어이 능선에 다다르고, 찬바람을 맞으며 한동안 능선을 따라가자 단서가 나타난다.

안개다.

아래에서 올라오는 짙은 안개가 우리가 가야 할 길을 감추고 있다.

나는 기꺼이 안개 속으로 들어간다. 그러면서 친구들을 생각한다. 이 안개가 도래솔이 제시한 그것이 맞다면 조만간 우리는 만날 것이다. 미르난데 세상은 서로 오묘하게 연결되어 있어서, 누군가 단서를 찾으면 동료들도 그곳으로 모이게 된다. 함께 미션을 수행해야 하기 때문이다.

미르난데는 그런 식으로 이야기를 이끈다.

안개 속에서 외떨어진 집을 발견한다. 주변에 염소들이

눈을 헤치고 풀을 찾는 걸 보니 염소 주인의 움막이다. 나는 이곳이 고원지대의 작은 마을일 거라 짐작했지만, 길을 따라 내려가니 의외로 도시다. 산 중턱에서 시작된 집들이 아래 구릉지대로 이어져 작은 도시를 형성하고 있다.

대리석 분수대가 있는 광장에 도착한 우리는 흩어지기로 한다. 각자 정보를 캐 다시 만나기로 한다. 떠버리가 공을 세우려고 의욕적으로 달려간다.

나는 사람들에게 도시에 관해 물어본다. 투박하지만 선량해 보이는 사람들. 그들에 의하면 산을 끼고 위아래로 뻗은 이 도시는 사시사철 안개에 둘러싸여 있다고 한다.

알고 보니 이곳은 교통의 요충지다. 아래로 통하는 도로와 능선을 타고 넘어가는 길이 여섯 도시와 연결되어 있다고 한다.

그래서인지 도시는 작지만 활기차다. 확연히 구분되는 의상을 걸치고 서로 다른 언어를 쓰는 사람들이 많다. 안갯속이라도 존재해야만 하는 도시다.

쿠르트야와 플로우에 대해 물어보지만 아는 사람이 없다. 이 안개조차 단서가 아닐지 모른다는 회의가 들 때쯤 떠버리가 나를 찾아낸다.

아이는 단서를 찾았다며 소란스레 떠든다.

"뭘 찾아낸 건데?"

"사람을 찾았어."

"사람? 쿠르트야가 사람 이름이란 말이지?"

"아니, 그건 아니고……."

떠버리는 자신의 말을 되뇌더니 이내 자신 없는 목소리로 머뭇거린다.

"그러니까 그게, 노파야."

"무슨 노파?"

"쿠르트야와 플로우를 아는 노파. 사람들이 하는 말이 그 노파라면 그것들이 뭔지 알 거랬어. 세상에 모르는 게 없는 신묘한 노파랬어."

아이의 말을 믿는 건 아니지만 노파를 만나보기로 한다.

떠버리는 골목 사이를 돌고 돌아 시장통으로 나를 데려간다. 도착한 곳은 여인숙 겸 술집이다. 낮이라 손님은 없고 일꾼 아이 하나가 청소 중이다.

구석 탁자에서 늙은 여인이 곰방대 담배를 피우고 있다.

우리는 건너편에 앉아 요깃거리를 주문한 뒤 여인을 살핀다. 늙은 여인이 나를 돌아보더니 미소를 짓는다. 나를 가늠하는 듯한 미소다.

그 미소에 유혹되듯 일어나 여인에게 다가간다. 나는 대뜸 말한다.

"쿠르트야에 대해 알고 싶어요. 플로우에 관해서도요."

"질문을 하려거든 먼저 앉거라, 아이야."

나는 늙은 여인 앞에 앉는다. 그녀가 곰방대를 빨며 나를 살핀다.

"답을 얻으려면 복채를 내야 한단다."

"저는 대가로 드릴 게 없어요."

"그렇다면 네 이야기를 해주렴. 그걸 복채로 삼으마."

나는 뭘 말해야 할지 고민하다가, 여인의 미소에 긴장을 풀고 말한다. 나는 다른 세계에서 이 세상으로 왔다고. 여러 번 오면서 조금씩 성장했다고. 지금은 안개를 찾아 이 도시에 왔고, 이제 쿠르트야와 플로우를 찾아야 한다고. 내가 해줄 수 있는 말을 해준다.

"이런 이야기도 대가가 될까요?"

"그럼. 나 같은 늙은이는 세상 이야기 듣는 걸 좋아한단다. 즐거운 복채지. 그런데 그것들을 왜 찾으려는 거지?"

나는 대답하지 못한다. 그게 미르난데의 목적이고, 이 세상의 일부로 길을 떠난 우리는 당연히 그것들을 찾아야 하기 때문이다.

여인이 말한다.

"인간이란 이유와 목적이 없이도 앞으로 나아가는 존재지. 그러다 보면 그것들이 찾아지기도 하고……. 내가 아는 것은 말해줄 수 있겠구나."

여인은 곰방대 대통을 털고 손질하며 말을 잇는다.

"플로우는 영물이란다. 강인한 녀석이지. 그만큼 위험하기도 하고……. 사람이라면 마땅히 녀석을 피해야 해."

나는 플로우가 우리의 방해물임을 짐작한다.

"하지만 플로우는 이곳에 없단다. 남쪽 세상의 초원을 달리거든. 녀석이 좋아하는 건 뜨거운 태양과 그 열기지. 이곳은 겨울 지역이라 플로우가 올라오지 않아."

"쿠르트야는 뭐죠?"

"피의 책이지. 피를 부르는 책답게 대가를 치러야만 얻을 수 있고."

"어떤 대가요?"

"저마다의 대가."

여인이 나를 주시한다. 이어 안타까운 미소로 말한다.

"너도 대가를 치르겠구나. 그것도 혹독한 대가를. 네 작은 얼굴에 새겨진 슬픔이 그것을 말해주는구나. 하지만 그 슬픔으로 너는 성장할 것이야."

나는 반항하듯 말한다.

"제가 슬픈 일을 겪어야만 쿠르트야를 얻을 수 있다는 뜻인가요?"

"아니, 그것을 보고서야 대가를 치른단다."

나는 여인의 말을 이해하지 못한다. 그러면서도 어떤 직감에, 생각하고 싶지 않은 두려움에 사로잡힌다.

"안개는 많은 걸 숨기고 있지. 하지만 안을 들여다보기 전에는 알 수 없는 법이란다. 너도 마찬가지야. 네 안에는 네가 모르는 게 감춰져 있고 그것이 너를 바꿀 거란다. 바뀐 너는 이곳을 바꾸고 너의 세상도 바꾸겠구나."

"무슨 말인지 모르겠어요."

"네가 모르는 걸 이 늙은이라고 알겠니. 안개 속을 들여다보거라."

비로소 나는 이 여인이 신묘하다는 걸 인정한다. 늙은 여인은 내 경험과 능력치를 바탕으로 말하고 있었다. 나는 미르난데가 내 현실의 정보를 갖고 경기에 관여한다는 걸 알지만, 어떻게 그러는지는 알지 못한다.

여인은 이제 해줄 말은 다 했다는 듯 다시 곰방대에 담배를 얹으며 말한다.

"음식이 나왔구나, 먹으렴. 안개를 헤치고 가려면 속이 든든해야 하니."

광장에 도착하니 도래솔이 기다리고 있다. 도래솔은 광장의 분수대에 앉아 유쾌하게 말한다.

"네가 먼저 찾았구나. 우리는 이곳에 도착해서 한 바퀴 돌아봤어. 순박한 사람들이 사는 곳 같아, 그렇지?"

나는 대답하는 대신, 떠버리에게 섀도와 맨디가 도착했는지 둘러보게 한다.

"근데 나는 이 안개 도시가 마음에 안 들어. 안개는 많은 걸 감추고 있고 사람들 모습에서는 왠지 억눌림 같은 게 느껴져. 오래된 공포 같은…… 넌 그런 거 못 느꼈어?"

여인을 만난 뒤로 두려움에 사로잡힌 나는 도래솔의 말에 되는대로 대답한다.

"흰 로브의 마법사가 그렇게 느꼈다면 그런 거겠지."

나는 늙은 여인에게 들은 정보를 도래솔에게 말해주었다. 플로우는 이곳에 없다는 사실과 쿠르트야가 피의 책이라는 것을. 도래솔이 그저 끄덕이기만 해서, 여인이 나에 대해 했던 말까지 들려줬다. 마법사가 여인의 말을 해석해주기를 바랐다.

그러나 도래솔은 비웃는다.

"지혜로운 이들은 때론 세상의 이치를 깨닫지. 하지만 그건 자신의 경험에서 비롯된 통찰일 뿐이야."

"내가 대가를 치를 거랬어. 슬픈 일을 당할 거라고도 했고. 내가 죽거나 다치는 게 아니고, 그건······."

그건 친구들이 위험에 처한다는 뜻이다. 내가 걱정하는 게 그거지만, 차마 입 밖에 내지 못한다.

도래솔이 나를 진정시키려는 듯 말한다.

"이치를 깨달았다고 믿는 이들은 자신만의 비유로 사람을 현혹해. 나라면 늙은 여인의 말은 새겨듣지 않겠어."

나는 내 두려움을 더는 말하지 않는다. 그것은 아직 내 우려일 뿐이다. 나는 화제를 바꾼다.

"네가 제시한 안개가 여기에 있는 안개 맞아?"

"그런 것 같아. 네가 이곳을 찾아낸 뒤로 우리가 다시 모이게 됐으니까."

"섀도가 이곳에 와 있는 거야? 어디에?"

도래솔이 내 표정을 읽고는 웃는다. 나는 얼굴이 붉어진다.

"섀도는 검은 성으로 올라갔어. 네가 궁금해하지는 않겠지만 맨디도 출발했고."

"검은 성이라니?"

"안개 때문에 보이지 않는 저 산꼭대기의 성. 맨디가 산을 넘어왔는데, 안개 속에서 성의 형체를 봤대. 그 말을 듣고는 그곳이 우리의 최종 목적지라는 걸 알았어. 그곳에 미션이 숨겨져 있는지는 몰랐지만……. 지금 네가 찾은 단서를 들으니 알겠네. 검은 성에 쿠르트야가 있는 거야."

"플로우는? 그 영물도 거기 있는 거야?"

"거기까지는 모르겠어. 하지만 가보면 알겠지. 이제 우리도 출발해야지?"

나는 출발하려다 도래솔을 돌아본다.

"오두막 어둠 속에서 섀도가 하려던 게 뭐야?"

도래솔이 놀라 검지를 펴고 허공을 휘젓는다. 주위 풍경이 흐릿해지며 보이지 않는 막이 우리를 둘러싼다. 흰 로브의 마법사가 본령을 발현한 것이다.

이제 바깥에서 우리의 대화를 들을 수 없다.

"지금은 경기 중이야. 그런 질문은 안 돼, 멍청아."

도래솔이 여전히 짓궂은 눈으로 나를 탓한다. 나는 그를 다그친다.

"말해줘, 섀도가 뭘 하려는 거야? 위험한 일이야?"

"그건 본인한테 물어야 할 것 같은데."

"너는 알고 있잖아."

"그냥 비밀을 캐는 중이야."

"비밀이라니, 무슨 비밀?"

도래솔의 얼굴이 굳는다. 실수를 깨달은 그는 본령을 거두고 근엄하게 말한다.

"이제 출발해, 새매."

검은 성으로 가는 길은 내가 들어온 길이 아니다. 오랫동안 사람의 왕래가 없었는지 곳곳이 무너지고 훼손됐다. 쌓인 눈이 속도를 더디게 한다.

떠버리는 굵은 몽둥이 하나를 구해 들고 의욕에 차 있다. 미션 성공에 일조하고 기어이 이름을 얻겠다고 다짐한다. 나는 올라가며 도래솔의 말을 곱씹는다.

섀도가 비밀을 캐고 있다는 건 무슨 뜻일까? 이번 세상에 내가 모르는 어떤 비밀이라도 있는 걸까? 비로소 내 두려움의 실체를 깨닫는다.

조바심에 거의 뛰듯이 산길을 올라간다. 능선에 올라 내려다보니 떠버리는 보이지 않는다. 올라올 때까지 기다리면서 어디로 가야 할지 가늠한다.

안개 속을 살피다 뭔가를 발견한다. 바위 밑에 길라잡이 꽃이 바람에 흔들리고 있다. 나는 가야 할 방향을 정한다.

그때 꽃의 그림자가 스멀스멀 자라난다. 그림자의 정체를 아는 나는 안도하며 그것을 지켜본다. 그림자는 점점 커져 꽃을 집어삼키더니 내 쪽으로 번져온다. 나는 미소 지으며 나를 잡아먹게 둔다. 이내 그림자가 나를 뒤덮어 시야를 가린다. 그가 허락하지 않은 완전한 어둠.

나는 숨을 멈춘 채 그가 허락하기를 기다린다. 이윽고 어둠 속에서 섀도가 얼굴을 드러내 짓궂게 미소를 짓는다.

나는 섀도의 손을 잡으려 어둠을 더듬는다.

"왜 먼저 떠났어. 같이 오고 싶었단 말이야."

섀도가 얼굴을 감추더니 내 뒤에서 모습을 드러낸다. 어둠 속에서 빛나는 이를 드러내며 웃더니 다시 형체를 감춘다. 내 두려움도 모른 채. 나는 친구를 영영 잃어버릴 것 같아 몸을 떤다.

뭔가 이상함을 눈치챈 섀도가 온전히 모습을 드러내 나의 손을 잡는다.

"왜 그래, 무슨 일 있어?"

나는 떨며 말한다. 늙은 여인한테서 들은 말을 전한다.

섀도는 어둠만큼 깊은 눈으로 나를 안심시킨다. 하지만 나는 안심하지 못한다. 그가 캐고 있는 비밀이 뭔지 묻는다. 두려움과 걱정을 담아 알려달라고 사정한다.

"미르난데에 관한 거야."

섀도는 자신의 어둠 안에서도 목소리를 낮춘다.

"그게 무슨 말이야?"

"내가 미르난데에 참가하고 나서, 아니 그전부터 들었던 의문이야. 이곳에 뭔가 있을지 모른다는 의문."

나는 이해하지 못한다. 그러기에는 내가 모르는 게 너무 많다. 이 아이는 대체 무슨 생각을 하는 걸까.

"너는 미르난데에 대해 의심해본 적 없어?"

나는 고개를 젓는다.

"너는 모르겠지만 미르난데에는 어떤 비밀이 있어. 그래서 나는 몇 년째 미르난데에 참가하면서 그걸 찾는 중이야."

"비밀이라니, 어떤 비밀?"

"화성과 지구 사이의 비밀. 지금은 모든 게 무너진 세상이야. 그런데도 미르난데 시즌만 되면 지구 정부는 부족한 전력과 자원을 총동원해 미르난데를 지원하고 있어. 이상하지 않아?"

"사람들이 좋아하니까. 미르난데는 오래전부터 해오던 거잖아."

"그럼 왜 미르난데는 1020 세대만 참가할 수 있는 걸까?"

나는 대답하지 못한다. 그런 건 생각해본 적이 없다.

"표면적인 이유는 '젊은 화성에 젊은이들만 입장시킨다'는 거지. 하지만 정말 그게 다일까? 전에 맨디의 형 이야기 기억해? 화성에 간 뒤로 연락이 끊겼다는……. 그것도 수상해."

"그건 맨디가 사정이 있을 거라고 했잖아."

"파란 고래뿐만이 아니야. 내가 조사하기로 화성으로 간 우승자들 모두 연락이 끊겼어. 우승자들은 환송을 받으며 화성에 가지만 아무도 이후의 행방을 몰라, 관심도 없고. 다음 시즌이 되면 새로운 영웅들에게만 관심이 쏠리니까."

"그래서 그것들에 화성의 음모라도 있다는 거야?"

섀도는 대답하지 않는다. 나는 두려움에 따져 묻는다.

"네가 그걸 찾겠다고? 어떻게?"

"이번 시즌에 버그 하나를 발견했어."

섀도는 대단한 거라도 찾은 듯 말한다.

"그거 알아? 너에 대한 스토리가 이상하게 확장되고 있어."

나는 이해하지 못한다. 미르난데에 나로 인한 버그가 생겼다니.

"그건 또 무슨 소리야?"

"너는 지난번 세상에서 검은 늑대를 살려 보냈어. 그전에는 자살하려는 마법사를 살려줬고. 아마 그때부터였던 것 같아. 그런 행동은 미르난데의 규칙과 관행에 어긋나는 거였어. 미르난데는 기본적으로 경쟁을 통해 다음 단계로 진출하는 세계니까. 그런데 넌 마법사와 검은 늑대에게 자비를 베풀었고, 그때부터 미르난데의 스토리에 변화가 일어나고 있어."

"무슨 말인지 모르겠어."

"보르헤아의 여왕이 했던 말 기억해? 보헤안 여왕이 네가 전쟁의 신을 찾아가게 될 거라고 했잖아. 그건 네가 현실에서 화성으로 갈 거라는 의미잖아. 미르난데는 지금까지 그런 식으로 참가자의 현실을 언급한 적이 없어."

나는 늙은 여인의 말을 떠올린다. 그 여인도 그런 식으로 말했다. 내가 이곳을 바꾸고 나의 세상도 바꿀 거라고.

"그건 일종의 버그야. 미르난데 시스템 인공지능에 너의 돌발 행동으로 인한 변수가 생겨난 것 같아. 난 그걸 조사하는 중이야. 어쩌면 이번 시즌 중에 미르난데의 비밀을 밝힐 수 있을지도 몰라. 그럼 정말 대단한 발견이 될 거야."

"어떻게 밝히겠다는 건데?"

섀도가 품 안에서 작은 잔을 꺼내 보여준다. 첫 세상에서 야바위꾼이 쓰던 종기와 비슷하게 생겼다.

"그때 사냥꾼 것을 참고해 만들었어. 이건 내가 밖에서 가져온 건데 여기엔 소스 코드 한 줄이 깔려 있어. 이걸 이곳에 남겨둘 거야. 이걸 매개로 밖에서 미르난데에 접속할 수 있어. 그럼 비밀이 뭔지도 알아낼 수 있을 거야."

"그걸 어떻게 가져온 거야?"

"나중에 말해줄게, 바깥에서……. 내가 쓴 방법을 들으면 너도 분명 재밌어할 거야."

그러나 나는 떨리는 손으로 그의 손을 움켜쥔다.

"나는 두려워. 너한테 무슨 일이 생길까 봐."

"그럴 일 없어."

섀도가 잡은 손을 당겨 내 눈을 들여다본다. 어둠보다 검은 눈이 내 두려움을 빨아들이는 듯하다.

"걱정 마. 약속할게, 그런 일은 벌어지지 않아."

그가 내 얼굴을 감싸더니 입을 맞춘다. 뜻밖의 감촉에 나는 다시 몸을 떤다. 다리가 풀려 휘청거리면서, 비로소 두려움을 잊고 안도한다.

입맞춤은 어둠만큼 깊은 키스로 이어진다.

피의 대가

나는 친구들과 합류해 검은 성으로 향한다.

맨디가 검은 성에 관한 정보를 알려준다. 산을 넘어오면서 만난 상인에게서 들은 옛날이야기라고 한다.

아주 오래전에 어둠의 존재가 이곳에 나타났다고 한다. 어둠의 존재는 주변 도시들로부터 사람들을 유혹해 끌어들였다. 이곳에 도시를 건설해 교역의 중심지로 성장시켰다. 그리고 검은 성을 지었다. 이후 안개를 펼쳐 성을 감춘 어둠의 존재는 그곳에 들어앉아 쿠르트야라는 책을 집필했다. 산 아래 사람들을 홀려서 그들의 피로 쓴 책. 무엇을 위한 책인지는 알려지지 않았다. 그 뒤로 어둠의 존재는 사라졌고 검은 성은 버려졌다. 그러나 어둠의 존재를 알고 검은 성의 공포를 기억하는 사람들은, 언젠가 어둠의 존재가 성안 깊숙이 감춰둔 피의 책을 가지러 돌아오리라는 걸 알고 있었다.

우리는 능선을 따라가며 계획을 세운다. 검은 성에 무엇이 기다리고 있을지 모르지만, 쉽게 책을 내주지 않으리라는 걸 알기 때문이다.

검은 성이 나타난다. 짙은 안개 너머로 희미한 윤곽이 보이더니 검은 돌을 쌓아 올린 성이 온전한 모습을 드러낸다.

능선에서 벗어난 벼랑 끝 분지에 세워진 성이기에 생각보다 크지 않다. 그러나 그 자체로 검은 기운이 흐르고 성벽 너머에서는 음산한 소리가 흘러나온다.

뭔가가 우리를 기다리고 있다.

계획대로 떠버리와 내가 먼저 무너진 성곽의 문으로 들어간다. 성벽 안은 희한하게도 안개가 걷혀 있다. 안개는 검은 성을 감춰 보호할 뿐 침범하지 않는다.

우리는 주위를 살피며 입구 쪽으로 다가간다. 어디선가 끽끽거리는 기분 나쁜 소리가 들리더니, 이내 문이 열리며 뭔가가 쏟아져 나온다. 거미 떼다. 떠버리만 한 거미들이 쏟아져 나와 우리에게 달려든다. 회색 거미줄을 날려 우리를 포획하려 한다.

우리는 놈들을 유인한다. 거미줄을 피하고 화살을 쏴 쫓아오도록 한다. 다시 성벽 쪽으로 가 계단을 오르며 돌아보니 이삼십 마리가 우리를 쫓고 더 많은 수가 입구를 지키고 있다. 피의 책을 보호하려는 것이다.

내가 휘파람을 불자 성 밖에서 맨디와 도래솔, 이름 없는 아이들이 뛰어 들어온다. 입구를 지키던 거미들이 달려들고 친구들과 이름 없는 아이들은 방향을 틀어 반대편 성벽으로 도망친다. 거미들이 그쪽으로 쫓아간다.

그사이 검은 그림자가 바닥에 붙어 입구로 다가간다. 나와 맨디, 도래솔이 쿠르트야를 지키는 것들을 유인하는 동안 섀도가 성안으로 침투하는 게 우리의 계획이었다.

섀도는 소리 없이 다가가 입구를 지키는 거미 몇 마리를 찌른다. 실체를 보지 못하는 거미들이 우왕좌왕하는 사이 섀도의 그림자가 안으로 사라진다. 이제 쿠르트야를 찾는 것은 그에게 달렸다.

시간을 끌어야 한다. 나는 몸을 낮춰 계단을 올라오는 거미들에게 화살을 날린다. 그렇게 화살 하나로 두세 마리를 쓰러뜨린다. 떠버리는 곁에서 나를 엄호한다. 녀석은 몽둥이만으로 벽을 타고 올라오는 거미들을 하나씩 떨어뜨린다. 나는 좌우를 떠버리에게 맡기고 계단을 올라오는 것들에 집중한다.

반대편을 보니 친구들도 잘 해내는 것 같다. 나는 맨디를 향해 달려드는 커다란 놈에게 화살을 쏴 그를 돕는다.

얼마나 지났을까. 거미들이 갑자기 공격을 멈춘다. 서로 불안하게 끽끽대더니 일제히 물러나기 시작한다. 절반 이하로 줄어든 거미들이 빠르게 건물 안으로 사라진다. 섀도가 피의 책을 훔쳤다는 걸 느끼고 쿠르트야를 보호하기 위해 몰려가는 것이다.

우리는 성벽을 내려가 합류한다. 안으로 들어가 섀도를 도와야 할지 망설이는데, 그때 입구에서 그림자가 뻗어 나온다. 그림자 안에 있는 쿠르트야가 선명하게 보인다. 나는 읽을 수 없는 고대 문자가 새겨진 양장본 책이다.

내가 그걸 확인하자 떠버리가 그림자 안으로 뛰어든다.

돌발 상황에 섀도가 동요하며 본래 모습으로 돌아오지 못한다. 어정쩡하게 수축과 팽창을 반복한다. 이어 섀도의 비명이 들려온다.

당황한 친구들은 상황 파악조차 못 하고, 나는 두려움에 휩싸여 섀도를 부르다가 떠버리를 불러대기를 반복한다. 그때 수축 팽창하는 그림자 속에서 커다란 것이 튀어나온다. 침을 흘리며 날카로운 이빨로 그림자 한 움큼을 물고 있다. 내부를 휘젓던 게 나가자 섀도가 본령에서 돌아온다.

그의 어깻죽지를 문 거대한 늑대다.

"아, 안 돼!"

내 비명에 반응하듯 놈이 섀도를 문 채 달려간다. 섀도의 몸이 바닥에 질질 끌려간다.

나는 깨닫고 만다. 떠버리와의 여정을. 녀석의 수다, 저글링, 나를 향한 칭찬과 동경. 모두 거짓이었다. 녀석은 이름을 얻으면 고독한 늑대로 짓겠다고 했다. 그 역시 속임수였다. 녀석은 애초 이름 없는 아이가 아닌 본령이 늑대였다. 이제껏 나와 친구들을 속이며 기회를 엿보고 있었던 것이다.

플로우(FLOW), 데블 울브스의 검은 늑대는 줄곧 내 곁에 있었다.

성벽 위로 올라간 놈이 아가리를 흔들어 섀도를 패대기친다. 섀도의 몸이 속절없이 벽에 부딪히고 바닥에 나뒹군다. 나는 쫓아가며 연달아 화살을 날린다. 놈은 아랑곳하지 않고 이빨로 섀도의 옷을 찢어 쿠르트야를 물고 도망친다.

계단을 올라가 섀도 앞에 무너진다. 그의 목덜미에서 흐르는 피가 돌바닥에 번진다. 하얗던 이가 새빨갛게 물들어 떨고 있다.

나는 섀도를 안아 그의 이름을 부른다. 섀도가 눈을 뜬다. 의식이 돌아오며 나를 본다. 나를 알아보고는 콜록대고 피를 쏟으면서도 미소를 보여준다. 새빨간 미소다.

　나는 안도하며 그를 끌어안는다. 그가 뭔가 말하려 하지만, 끝내 그러지 못하고 눈동자가 멈춘다. 더는 미소 짓지 않는다.

　움직이지 않는 그를 안은 채 나는 움직이지 못한다.

　늙은 여인의 말을 되뇐다. 대가를 치르겠구나. 그것도 혹독한 대가를.

　나는 섀도와의 첫 만남을 떠올린다. 그가 처음 어둠으로 나를 품었을 때의 공포를 기억하고, 그것이 얼마나 포근했는지 알게 된다. 어둠 속에서 빛나던 미소가 얼마나 아름다웠는지 가늠하고, 내가 그를 얼마나 사랑했는지 깨닫는다.

　늙은 여인이 옳았다. 나는 대가를 치렀고 내가 변화하는 걸 느낀다. 그러나 늙은 여인은 틀렸다. 나는 이 세상도 나의 세계도 바꾸지 못한다. 바뀌는 것은 나뿐이다. 슬픔은 분노로 바뀌고 분노는 모든 걸 파괴할 것이다.

　나는 일어나 달려간다. 검은 늑대를 쫓아간다.

　성벽에 놈이 보이지 않는다. 나는 성벽의 담을 밟고 벼랑으로 뛰어내린다. 허공에서 몸을 말아 돈다. 아래 눈꽃 핀 나무숲에 부딪히려는 순간 본령을 드러내 상승한다. 내 안에 휘몰아치는 감정을 주체하지 못하고 차가운 공기를 뚫고 올라간다. 날갯짓하며 울부짖는다. 새매의 울음이 설산 위로 메아리친다.

매의 눈으로 아래를 훑는다. 안개 속에서 놈의 포효와 내달리는 소리가 들려온다. 나는 놈을 쫓아 내려간다. 안개를 뚫고 들어가 산 아래로 활강한다. 안개 속에 희미한 그림자가 아른거리더니 이내 높게 선 종탑이 시야에 들이닥친다. 나는 날개를 접어 피한다. 자세를 바꿔 건물 위를 날아간다. 골목 사이로 달려가는 검은 늑대가 보인다.

놈이 나를 올려다보더니 짖어댄다. 비웃고 있다.

나는 제어 못 할 분노로 놈에게 돌진한다. 놈의 등을 움켜쥐려 날개를 펼쳐 날카로운 발톱을 앞세운다. 순간 검은 늑대가 방향을 틀어 발톱을 피한다. 내 일격은 빗나가고, 속도를 이기지 못해 바닥을 쓸고 밀려가 담벼락에 부딪힌다.

기회를 잡은 놈이 반격한다. 곧장 달려들어 내 어깻죽지에 송곳니를 박아 넣는다. 고통이 온몸을 휘감는다.

그러나 분노는 고통보다 크다.

나는 울부짖으며 돌바닥을 박차고 날아오른다. 놈의 무게가 나를 끌어내리지만, 그것을 이겨내려 날갯짓한다. 놈을 매단 채로 공중으로 올라간다. 늑대의 아가리에 힘이 들어간다. 나는 다시 비명이 터지지만 참고 더 위로 올라간다. 종탑이 안개 너머로 사라질 때까지. 도시가 안개 속에 감춰질 때까지. 산을 타고 펼쳐진 안개가 작아질 때까지.

발 디딜 곳 없는 공중에서 놈이 버둥댄다. 낑낑대며 대가리를 비튼다. 나는 멈추지 않는다. 기어이 놈이 겁먹고 송곳니를 거둔다. 깃털과 살점이 떨어져 나가며 놈이 내게서 벗어난다.

나는 허락하지 않는다. 발톱으로 놈의 배를 움켜쥔다. 놈이 다시 물려고 아가리를 들이밀지만 몸을 곧추 펴 공격을 피한다. 나는 곡선을 그리면서 아래로 내려간다. 찬바람을 가르고 안개를 뚫고 들어가 종탑에 놈을 내던진다.

종탑이 부서지며 검은 늑대가 허공으로 튀어 오른다. 다시 발톱을 세워 놈의 등줄기를 움켜쥔다. 낮은 지붕들 위를 놈의 몸뚱이로 쓸고 가 광장 바닥에 내동댕이친다. 사람들이 비명을 지르며 도망친다.

돌바닥에 널브러진 놈이 아가리를 벌리고 배를 드러낸 채 헐떡인다. 척추가 부러지고 내장이 파열됐다는 걸 알 수 있다.

나는 멈추지 않는다. 날카롭게 울며 달려들어 놈의 검은 가죽을 찢어 날아오른다. 다시 달려들어 부리로 놈의 눈을 파낸다. 현실의 참가자가 비명을 지르는 게 느껴지지만 멈추지 않는다. 제어 못 할 분노를 제어하지 않는다. 나는 할퀴고 쪼고 또 할퀴고 쫀다. 놈의 몸이 늘어질 때까지. 헐떡임이 가늘어지고 동공이 멈출 때까지. 기어이 숨이 끊어질 때까지.

도시가 울부짖는다. 설산이 진동한다.

나는 그것이 온전하게 내 분노라 착각했다.

어디선가 열기가 들이닥쳐 광장의 찬 공기를 달군다. 보이는 것들이 아지랑이로 일렁이는 가운데 담벼락 너머에서, 땅에서 솟아오르듯 거대한 눈이 올라와 나를 내려다본다. 세로로 길쭉한, 유황빛으로 타오르는 거대한 눈동자다.

나는 날카롭게 울며 꺼지라고 소리친다. 그러자 그것이 가까이 다가온다. 앞발을 내딛자 담이 무너지며 갈라진다. 거대한 것이 실체를 드러낸다.

용이다. 천 년 가죽으로 뒤덮이고 날갯죽지 비늘 사이로 유황 열기를 내뿜는 용이 다가온다.

놈이 내딛는 진동 속에서, 놈이 내뿜는 열기 속에서 나는 반항하며 소리친다. 꺼져, 꺼져버리라고.

—멈추라, 새매여. 돌아오라.

뼛속을 울리는 명령에 본령이 무력하게 사라진다. 어느새 본래 모습으로 돌아온다. 그러나 분노는 그대로다. 나는 검은 늑대의 피를 뒤집어쓰고 핏발 선 눈을 부릅뜬 채 단검을 빼 든다. 그에게 대항한다. 네가 용이라도 나를 막지 못한다고. 네가 아무리 용이라도 죽여버리겠다고 악을 쓴다.

뒤늦게 내 목소리를 깨닫는다. 내가 울고 있다는 것을. 나는 거대한 그를 향해 울부짖는다.

"나를 죽여봐. 나를 태워보라고!"

—사냥꾼이 나를 상대할 텐가.

가소롭다는 울림에, 그 진동에, 그 열기에, 그제야 내 앞에 버티고 선 거대한 것의 실체를 깨닫는다. 그는 용이다. 미르난데의 미르. 이 세상의 중재자.

—이제 됐다, 작은 아이여. 이제 됐다.

그가 커다란 얼굴을 내려 유황 열기를 내뿜으며 나를 본다. 이어 울림으로 속삭인다.

—미션은 끝났다.

중재자의 선언에 다리가 풀리며 휘청거린다. 버텨보려 하지만 무릎을 꿇고 만다. 나는 공포로 몸을 떨면서도 그를 노려본다. 끝내 시선을 거두지 않는다.

내게 남은 마지막 반항의 몸짓이다.

현실로 돌아온 한나는 그대로 서 있었다. 엔지니어들이 신체 제어기를 제거하며 다음 세상에 진출한 걸 축하해주었다. 한나는 아무 말도 하지 않았다.

크랙 씨가 흥분한 얼굴로 쫓아와 한나를 안으면서 소리쳤다.

"우리 시의 영웅, 새매, 스패로 호크. 오늘도 세상을 구했구나! 애야, 너한테 멋진 선물이 있단다. 네 할머니를 위한 후원자가 나타났지 뭐니."

한나는 멍하니 보기만 했다. 그는 계속 떠들었다.

"다국적 제약 회사란다. 새매 캐릭터를 홍보에 쓰고 싶다는 제안이 들어왔길래, 네 할머니한테 필요한 약을 구할 수 있는지 물어봤어. 조만간 할머니를 진찰하고 자기들이 도울 방법이 있는지 찾아보겠다더구나. 정말 잘됐지 뭐니? 가자, 우리 영웅. 네 활약에 감동한 시장님이 오늘은 너를 직접 만나보고 싶어 하신단다. 뭐 해? 얼른 옷 갈아입어야……."

크랙 씨가 반응 없는 한나를 보더니 그제야 말문을 닫았다. 이어 큰 소리로 의료진을 찾았다.

한나의 상태를 살핀 의료진은 몸에는 이상이 없다고 진단했다. 정신적으로 충격을 받은 것 같으니 당분간 안정을 취해야 한다는 소견을 냈다. 당황한 크랙 씨가 한나를 입원시키고 정밀진찰을 해야 한다고 떠들었다.

그때 한나가 몸을 일으켰다. 크랙 씨가 다시 한나를 살피며 말했다.

"깨어났구나, 새매. 괜찮니? 내가 누군지 알아보겠어?"

한나는 작은 목소리로 자신은 괜찮다고 말했다. 집에 가고 싶다고도 덧붙였다. 크랙 씨는 허둥대며 그렇게 하라고, 시장과의 면담은 다른 날로 미루자고 했다. 그러면서 몸이 이상하면 언제든 즉시 연락해야 한다고 당부했다.

콜로세움을 나온 한나는 집과 반대쪽으로 걸어갔다. 시민회관으로. 그곳이 친구들의 경기장이었다.

핸드폰이 울렸다. 도래솔이었다. 시민회관이 아닌 병원으로 오라고 했다. 플레이 룸에서 나온 윤슬이 의식이 없어 병원으로 이송했다는 것이다.

한나는 병원으로 향했다. 응급실 앞에 맨디와 도래솔이 기다리고 있었다. 친구들은 자기들도 겁먹은 얼굴이면서 한나에게 괜찮냐고 물었다.

한나는 그저 고개만 끄덕였다.

한 시간 넘게 기다린 뒤에야 수술실에서 의사가 나왔다. 그는 아이들에게 가족이냐고 물었다. 도래솔이 친구라고

하자 의사가 가족에게 연락해야 한다고 했다.

윤슬이 죽었다는 것이다.

한나는 뒤돌아 걸어갔다. 뒤에서 맨디가 울음을 터뜨리며 윤슬한테는 가족이 없다고 말하는 게 들렸다. 의사가 위원회에서 온 사람은 어디 있는지 물었고, 도래솔이 윤슬을 부르며 수술실로 들어가는 소리가 들렸다.

한나는 밖으로 나왔다. 어디로 가야 할지 알 수 없어서 무작정 걸었다. 모르는 동네를 지나 자신의 동네에 도착했을 때는 이미 늦은 밤이었다.

한나는 무역센터 주차장으로 갔다. 윤슬의 차가 그대로 있었다. 한나는 윤슬이 등록시켜준 지문으로 차 문을 열고 탔다.

지난번 왔을 때 그대로였다. 십 대 남자아이의 어지러운 방. 마치 윤슬이 잠깐 집을 비운 것 같았다.

한나는 한동안 차 안에 앉아 있었다. 내가 여기서 뭘 하는 거지 싶었지만 계속 기다렸다. 그러면서 이 모든 게 착오일 거라는 생각을 했다.

윤슬은 우리 중 경험과 능력치가 가장 높은 아이였다. 그렇게 쉽게 죽을 리 없었다. 조금만 더 기다리면 윤슬이 차 문을 열고 들어올 것 같았다. "어, 와 있었네? 많이 기다렸어?"라고 말해줄 것 같았다.

하지만 윤슬은 오지 않았다.

핸드폰이 울렸다. 메시지 알림이었다. 열어보니 윤슬이 보낸 거였다. 한나는 꿈인 걸까 생각했지만, 이내 지금 시간에 맞춰 발송된 예약 메시지라는 걸 깨달았다.

다음 세상으로 올라간 걸 축하해, 새매!

지금쯤 집에 잘 들어갔겠지? 축하해! 우리가 또 해낼 줄 알았다니까?

내일 미르난데에서 만나겠지만, 내가 지금 메시지를 보내는 건 너한테 할 말이 있어서야.

전에 내가 했던 말 기억해? 함께 우승해 화성에 가서 너희 부모님을 찾아보자고 했던 말. 네가 고민해보겠다고 했었잖아.

나는 네가 어떤 결정을 해도 존중하겠지만, 나는 우리가 화성에 가게 된다면 그때 너도 우리 곁에 있었으면 좋겠어. 내 생각은 그래……. 잠들기 전에 네 생각을 하다가 이 말을 해주고 싶었어.

다음에 만나면 진지하게 얘기해보자. 우리 단둘이 말이야.

아무튼 오늘 수고했고 다시 한번 축하해. 주말에 아지트에서 보자.

안녕, 한나야.

기어이 울음이 터졌다. 윤슬이 돌아오지 않는다는 것에, 함께 화성에 갈 수 없다는 사실에 눈물이 흘렀다. 이 작은 아지트에 더는 윤슬이 없다는 것이 한나를 울게 했다.

차 안은 섀도의 어둠처럼 캄캄했기에 한나는 비로소 소리 내 울 수 있었다. 오늘 겪은 일은 진짜였다.

현실에서 벌어진 진짜 죽음이었다.

음모론

시간이 무기력하게 흘러갔다.

한나는 의욕을 잃었고 모든 게 부질없어 보였다.

섀도의 죽음 이후 미르난데에 두 번 더 들어갔지만 그 안에서도 한나는 무력했다. 다음 세상에 진출할 수 있게 된 것도 맨디와 도래솔의 활약과 운이 따라줘서였다.

그 와중에 다행인 것은 할머니의 약을 구했다는 거였다. 크랙 씨의 주선으로 미르난데위원회가 체결해준 제약 회사와의 홍보 계약에 따라 한나는 할머니를 모시고 큰 병원에서 검진을 받을 수 있었다. 진단이 나오자 할머니는 제약 회사가 제공하는 약을 복용했고 눈에 띄게 호전되기 시작했다. 그건 위안이 되었다.

한나는 계속 미르난데에 들어갔다. 애초의 목적인 할머니의 약을 구한 데다 섀도가 없는 세상에 들어가는 게 무의

미했지만, 그래도 계속 경기에 참가했다. 의문이 들었기 때문이다. 이해되지 않고 근거도 없는 의문.

윤슬은 정말 쇼크 때문에 죽은 걸까?

섀도는 미르난데에 버그가 있다고 했다. 한나로 인해 생겨난 스토리상의 버그. 보르헤아의 여왕은 한나의 현실에 기반한 말을 했다. 한나가 화성에 가게 될 거라고.

그건 게임 속 세상에서는 일어날 수 없는 일이었다. 미르난데가 아무리 강인공지능이라 해도 해줄 수 없는 말이었다. 미르난데 속 인물은 스토리의 맥락을 바탕으로 말해야 했다. 여왕의 말은 단지 버그 때문이었을까?

안개 도시의 늙은 여인은 한나가 대가를 치러야 쿠르트야를 얻을 수 있다고 했다. 그리고 예언대로 한나는 친구의 죽음이라는 커다란 대가를 치렀다. 그 역시 알고리즘에 의한 설정이었을까?

의문이 한나의 머릿속을 떠나지 않았다. 아무 근거도 없지만 한나의 의문은 섀도가 어둠을 펼치고 해준 말을 향하고 있었다. 그 아이가 몇 년째 미르난데에 참가하며 찾던 걸 향해 나아갔다.

미르난데의 비밀.

주말에 시립병원을 찾아갔다. 의문을 풀기 위해, 검은 늑대를 만나기 위해서였다.

한나는 크랙 씨에게 검은 늑대를 찾아달라고 부탁했었다. 게임 속에서 너무 가혹하게 한 것 같아 사과하고 싶다고 둘러댔다. 크랙 씨는 한나의 마음 씀씀이가 고결하다며 그가 입원한 병원을 알려주었다.

그를 만나면 답을 얻을 수 있을지도 모른다.

한나가 아는 미르난데라면 보르헤아 왕국에서 쫓겨난 검은 늑대의 능력치는 강등되어야 했다. 다시 능력을 키워야 다음 세상으로 진출할 수 있었다. 하지만 안개 도시에서 검은 늑대는 이전과 동일한 능력을 보유한 채 이름 없는 자로 변신해 있었다. 여전히 강인한 본령으로 섀도를 죽음에 이르게 했다.

어떻게 그게 가능했을까. 검은 늑대는 보르헤아 이후 몇 번의 세상 만에 본래의 능력치로 끌어올렸던 걸까? 혹시 그것 역시 버그 때문이었을까?

한나는 검은 늑대의 병실로 찾아갔지만, 산소호흡기를 단 그는 의식이 없었다. 혼수상태였다. 깡마른 이십 대 남자. 미르난데에서 그토록 악명을 떨친 데블 울브스의 리더처럼 보이지 않았다.

자책과 함께 자기혐오가 밀려왔다.

게임 안에서 악명을 떨쳤어도 현실의 그는 평범한 사람이었다. 자신의 목표를 위해, 화성에 가려는 목적을 이루려고 수단과 방법을 가리지 않았을 뿐이다.

내가 이렇게 만들었어.

한나는 자신이 사람을 공격했다는 사실이 두려웠다. 그를 식물인간으로 만든 자신이 혐오스러웠다. 첫 세상에서 돌아온 날 밤에 했던 다짐을 스스로 저버린 것이다.

그리고 의식 없는 검은 늑대는, 한나에게 진실을 말해줄 수 없었다.

병원을 나오다 누군가를 발견했다. 지난번 한나를 찾아왔던 mo23이었다.

그녀는 도로 건너편에서 한나와 눈이 마주쳤지만 다가오지 않고 보기만 했다. 왠지 조심스러워하는 것 같았다.

한나가 길을 건너 그녀에게 다가갔다.

"여긴 무슨 일이죠? 나를 미행한 건가요?"

mo23은 말을 하지 못하고 주저했다.

한나는 모마스가 여전히 자신을 주시한다는 걸 눈치챘다. 한나의 친구가 죽었다는 사실을 알기에 조심스러워할 뿐이었다.

mo23이 말했다.

"미안해요, 지금이 한나 양한테 힘든 때라는 거 알아요……."

한나가 대뜸 말했다.

"이야기 좀 하실래요?"

그녀가 놀란 듯 보다가 고개를 끄덕였다.

두 사람은 길을 따라 걸었다. 한나는 자신이 병원에 온 이유를 말하고 모마스가 그 답을 아는지 물었다. 검은 늑대가 어떻게 같은 능력으로 안개 도시에 있을 수 있었는지.

mo23이 말했다.

"우리도 그게 의아했어요. 하지만 답을 알지 못해요. 미르난데 속 이야기가 어떻게 흘러가는지는 미르난데만 아니까……. 그렇지만 지난번 세상이 이제까지와 달랐다는 건 분명해요. 모니터하면서 다들 그렇게 말했죠."

"윤슬은, 그러니까 검은 늑대한테 죽은 셰도요. 그 아이는 미르난데에 비밀이 있다고 했어요."

mo23이 걸음을 멈추고 한나를 보았다.

"비밀이요? 어떤 비밀?"

"제가 알고 싶은 게 그거예요."

한나는 말을 잇지 못하고 땅만 보았다. mo23이 그런 한나를 보며 조심스레 말했다.

"나는 연락 담당이라 아는 게 많지 않아요. 하지만 우리 단체에는 그에 대한 답을 줄 수 있는 분이 있어요. 오랫동안 미르난데를 연구해온 분이죠. 한번 만나볼래요?"

한나는 잠시 생각하다 고개를 끄덕였다.

mo23이 누군가에게 전화를 건 다음 한나를 어딘가로 데려갔다. 트램을 두 번 갈아타고 도착한 곳은 낡은 건물에 있는 작은 출판사였다. mo23은 한나를 기다리게 하고는 한 중년 남자와 함께 돌아왔다. 출판사 사람은 아닌 듯했다. 출판사의 회의실은 접선을 위한 장소일 뿐이었다.

머리숱이 듬성한 남자는 덕분에 후덕한 인상을 주었다.

"이분은 Mo4예요, 우리 단체의 초기 멤버죠."

그가 웃으며 한나에게 악수를 청했다.

"본명을 밝히지 못해 미안해요. 하지만 내가 새매의 팬이라는 사실은 믿어도 돼요."

한나는 짓궂게 웃는 그에게 호감이 갔다. 덕분에 자신이 아는 걸 털어놓을 수 있었다.

Mo4는 윤슬이 조사하던 미르난데의 비밀에 관심을 보였고, 윤슬이 무슨 말을 했는지 자세히 물었다. 한나는 자신이 들은 말들을 그대로 전했다.

"흥미로운 가설이군."

Mo4가 혼잣말로 중얼거리더니 말했다.

"그러니까 한나 양은 미르난데가 친구의 죽음에 관여했는지, 그게 궁금한 거군요?"

한나는 Mo4를 의아하게 쳐다보았다. 관여라는 표현이 어색하게 들려서였다.

Mo4가 말했다.

"사람들은 미르난데가 가상현실게임이라고 생각하지만 미르난데는 그 자체로 강인공지능이에요. 현재 지구의 어떤 인공지능과도 비교할 수 없는 화성의 첨단기술이죠. 그 말은, 미르난데를 충분히 다른 식으로 활용할 수 있다는 걸 의미해요."

"어떻게요?"

"예를 들어 소스 코드 하나만 바꾸면 사람들을 통제하는 수단으로 사용할 수 있어요. 미르난데는 이미 전 세계 젊은이들의 정보를 수집해놓았으니까. 수십 년 전 젊은이들이 현재 기성세대가 됐으니 미르난데는 모두의 정보를 학습한 셈이에요."

한나는 미르난데 음모론을 알고 있었다. 도래솔도 그런

음모론자였다. 하지만 그건 말 그대로 음모론이었다. 정부가 사람들을 통제하려 한다면 다른 방식도 많았다. 굳이 가상현실게임을 이용할 이유는 없었다.

한나가 보기에 그건 논리적이지 않았다.

Mo4가 말했다.

"그건 알 수 없어요. 사람의 논리로는 미르난데를 따라잡을 수 없으니까."

"무슨 말이에요?"

"그건 지난 세기의 바둑 인공지능이었던 알파고 때부터 증명된 거예요."

"알파고? 들어본 것 같아요, 교과서에서."

"인공지능 역사에서 빠질 수 없는 초기 모델이죠. 당시 알파고는 그때까지 나온 세상의 모든 기보를 바탕으로 자신만의 기보를 펼쳤어요. 사람들은 알파고가 바둑 두는 방식을 전혀 이해하지 못했고 예측할 수도 없었죠……. 미르난데도 마찬가지예요. 세상의 모든 이야기를 바탕으로 스토리를 펼치지만 누구도 그 이야기가 어디로 나아가는지 알 수 없어요. 그 뒤에 어떤 숨은 의도가 있는지도 알 수 없고요."

"숨은 의도라고요?"

"생각해봐요, 화성은 지구에 미르난데를 선물했어요. 지구인들의 반발을 막기 위해서라고 말하는 이들이 있지만 실상은 그렇지 않아요. 화성 정부는 미르난데로 얻는 이익이 전무해요. 그런데도 계속 미르난데를 운영하고 우승자를 데려가죠. 대체 왜 그러는 건지 궁금하지 않아요?"

궁금하지 않았다. 한나가 알고 싶은 건 따로 있었다.

"그러니까, 지금 미르난데가 제 친구를 죽였다는 거예요?"

"아직 단정할 수는 없어요. 미르난데가 섀도의 죽음에 관여했는지 알려면 미르난데의 자율도를 알아야 해요. 미르난데가 섀도를 위험인물로 판단했는가를 봐야죠."

"그건 또 무슨 말이에요? 미르난데가 스스로 판단해 움직인다는 거예요?"

"알고리즘을 말하는 거예요. 그게 얼마나 복잡하고 세밀하게 짜였느냐에 따라, 사람이 보기에는 미르난데가 스스로 판단해 섀도를 죽인 것처럼 보일 수 있어요."

한나는 혼란스러워졌다. Mo4가 물었다.

"섀도가 미르난데에 소스 코드를 깐 건 확실한가요?"

한나는 검은 성으로 가기 전에 섀도와 나눈 대화를 떠올렸다.

"확실하진 않아요. 작은 잔을 남겨놓고 올 거라고만 했어요."

한나는 그 후의 여정을 되뇌었다.

"아마도 쿠르트야를 훔치러 성안에 들어갔을 때 잔을 놓고 나왔을 것 같아요. 그전까지 이상한 행동은 하지 않았거든요."

"만약 그랬다면 미르난데가 방어적으로 반응했을 수 있어요. 미르난데 정도의 인공지능이라면 십 대 소년이 만든 소스 코드가 시스템에 추가되는 걸 눈치 못 챌 리 없으니까. 아주 무모하고 위험한 행동이었어요."

한나는 주먹을 꽉 쥐었다. 손이 떨려왔다.

"그래서 미르난데가 검은 늑대를 조종해 섀도를 공격했다고요? 그건 말이 안 돼요. 검은 늑대는 NPC가 아니잖아요. 현실에서 들어간 참가자라고요."

아무리 강력한 인공지능이라도 참가자를 조종할 수는 없다. 그러기 위해서는 검은 늑대의 자발적인 의지가 필요했다. 미르난데가 참가자를 조종한다는 건 허무맹랑한 소리였다.

"그를 자극했을 수는 있죠."

"어떻게요?"

"미르난데는 참가자들을 알아요. 그들의 정보를 학습했으니까. 그걸 바탕으로 스토리를 펼쳐나가니까……. 미르난데가 검은 늑대를 조종했다고 가정해보죠. 그러려면 어떻게 했을까요? 미르난데는 검은 늑대가 원하는 게 뭔지 파악하고 있기에 그가 욕망하는 걸 보여주기만 하면 되는 거예요."

한나는 똑똑히 기억했다. 성 밖으로 나오던 섀도의 그림자 속에서 빛나던 책을. 고대 문자가 새겨진 쿠르트야. 검은 늑대는 그걸 보고 그림자 속으로 뛰어들었다. 하지만 섀도의 어둠에 갇힌 것은 보이지 않는 게 정상이었다. 물건이든 사람이든 보이지 않아야 했다.

이제껏 그래왔으니까.

그것이 미르난데의 방어적 행동이었을까? 한나는 땀이 밴 손을 바지에 닦았다.

"그 말씀은, 음모든 비밀이든…… 미르난데에 뭔가가 있긴 있다는 거군요."

두 사람은 입을 닫았다. 그들도 확신할 수 없기 때문이다.

한나가 다그치듯 말했다.

"그 알고리즘인가 소스 코드인가, 그게 뭔지 알 수는 없는 거예요?"

"그런 시도가 없었던 건 아녜요. 초기에 미르난데에 침투해 소스 코드를 빼내려는 해커 집단이 있었죠. 하지만 모두 실패했어요. 미르난데는 이미 지구 수준을 뛰어넘는 기술이었으니까. 지구에서는 해킹이 불가능해요. 화성으로 가야 해요."

한나는 이해가 되지 않았다. Mo4가 계속 말했다.

"미르난데에 어떤 비밀이 있고 그걸 알고 싶다면 미르난데 서버에 침투해야 해요. 지구에도 서버가 있지만 그곳들은 임시 서버고 중계 기지일 뿐이에요. 미르난데의 진짜 서버는 화성의 위성에 있어요. 위성 전체가 미르난데를 위한 서버죠."

한나는 할 말을 잃고 두 사람을 보았다.

여전히 혼란스러웠다. 윤슬은 미르난데에서 죽었다. 그 아이가 어떤 비밀을 캐려 했는지 모르지만, 미르난데가 정말 윤슬을 죽였는지는 알 수 없지만, 윤슬이 죽었다는 건 분명한 사실이었다.

한나는 미르난데 참가 첫날 만났던 아홉 살짜리 아이를 생각했다. 크랙 씨가 말한 2.24퍼센트의 사상자도. 그런 대가를 치르면서, 화성 정부가 얻는 것도 없으면서, 미르난데에 아이들을 계속 끌어들이는 이유가 뭘까. 미르난데의 비밀이란 게 정말 있는 걸까?

불현듯 화가 치밀고 분노가 일었다.

"미르난데의 비밀을 알려면, 화성에 있는 서버에 들어가야 한다고요?"

"네, 화성의 두 위성 중 바깥 위성 데이모스에요."

한나는 Mo4를 노려보았다.

"내가 거기에 들어가겠어요."

마지막 세상

나는 언덕 위에 서 있다.

길이 완만하게 내려가 지그재그로 뻗어나간다. 멀리 계곡 아래 마을로 이어진다. 황량하지만 그만의 아름다움이 느껴지는 곳이다.

그러나 더는 그것을 아름답다고 느끼지 않는다. 나는 감정을 받아들이기를 거부한다. 대신 이 아름다운 세상의 실체가 무엇일까 생각한다.

태양이 머리 위에 짧은 그림자를 드리운다. 나는 그림자가 자라나기를 바란다. 그것이 내 발목을 움켜쥐고 내 몸을 뒤덮고 이내 칠흑 같은 어둠으로 나를 잡아먹기를 바란다.

그런 일은 벌어지지 않는다. 이제 섀도는 이곳에 없다.

그 사실을 상기하며 이곳에 온 목적을 되새긴다. 그리고 본령을 드러내 날아올라 계곡 아랫마을로 향한다.

광산 마을인 듯하다. 계곡으로 통하는 길에 암석 덩어리들이 쌓여 있다. 그쪽으로 올라가고 내려오는 광부들이 보이는데, 내려오는 남자들은 모두 회색 돌가루를 뒤집어쓰고 있다.

나는 지나가는 광부에게 묻는다.

"여기는 무슨 마을이에요?"

그가 나를 힐끔 보더니 자신의 길을 재촉하며 말한다.

"비가 올 거요, 해도 질 거고. 저쪽 시장통에 여인숙이 있어요."

하늘을 올려다보지만 먹구름은 보이지 않는다.

나는 남자가 알려준 길을 따라가며 생각한다. 도래솔과 맨디는 어디에 있는 걸까. 마을로 들어서자 길이 갈라지는 광장이 보인다. 벽보 앞에 친구들이 있다. 맨디가 나를 발견하고는 손짓한다.

나는 그쪽으로 다가가 그들이 보고 있던 것을 본다. 새로 붙은 벽보다.

살아남은 용사들이여, 가우리아 계곡으로!

"이게 뭐야?"

내가 묻자 아이들이 말한다.

"몰라, 우리도 방금 도착했거든."

"무슨 일인지 몰라도 일단 가우리아 계곡이라는 곳을 찾아야 할 것 같아."

도래솔이 마법으로 그곳을 알아내려 하자 내가 말한다.

"비가 올 거야."

도래솔이 주문을 외려다 하늘을 올려다본다.

"허튼소리 마."

기다렸다는 듯 맨디의 얼굴에 빗방울이 떨어진다. 이어 천둥을 앞세우고 돌산 뒤에 숨어 있던 먹구름이 몰려나온다. 순식간에 장대비가 쏟아진다.

도래솔이 나를 본다.

"제법인데? 언제 예지력을 배웠어? 아니면 날씨를 읽은 거야?"

나는 아이들이 감탄하도록 놔두고 주위를 둘러본다.

"저기 여인숙이 있어."

우리는 비를 피해 그쪽으로 뛰어간다. 입구에 걸린 동그란 간판에 딱정벌레가 그려진 여관 겸 술집이다.

안에는 사람들로 가득하다. 한눈에 봐도 용사들이다. 탁자마다 마법사들이 꺼내놓은 구슬이 보였고, 주위에 용사들이 삼삼오오 모여 있다.

맨디가 가까운 탁자의 바바리안 용사에게 무슨 일이냐고 묻자, 그가 턱짓으로 구슬을 가리킨다.

"절대 악이 오고 있어."

우리는 사람들 너머로 구슬을 본다. 마법사들의 구슬이 풍경을 보여주고 있다. 그곳에 뭔가 일이 벌어지고 있다.

가우리아 계곡 앞 벌판이다. 황량한 땅에 어떤 힘이 흙먼지를 불러일으킨다. 흙과 작은 돌멩이들이 한곳으로 모이며 휘몰아치더니 이내 돌개바람으로 커진다.

그 안에 번개가 일더니 뭔가 만들어진다. 처음에는 거대한 네발짐승 형태였다가, 두 발로 일어서며 사람의 형상이 된다. 마지막 번개가 사라지고 돌개바람이 잔잔해진다. 흙먼지가 가라앉은 곳에 그가 서 있다.

절대 악이다.

"나 곤드레인이 왔다!"

낮은 목소리가 우렁차다. 그가 구슬을 통해 용사들을 직시한다.

"지난 세상들에서 나는 사우론*이었다. 카오스였으며

---

* J. R. R. 톨킨의 판타지 소설 『반지의 제왕』에 등장하는 절대 악.

신선*이었다. 또한 하데스였고 타노스였으며 악마였다. 그러나 오늘 나는 곤드레인이다. 들어라, 미르난데여. 나 곤드레인이 왔노라! 지난 세상들에서 나는 열아홉 번을 이기고 열아홉 번을 졌다. 어둠의 심연으로 쫓겨난 나는 다시 힘을 키웠고, 자라났고, 이제 곤드레인으로 돌아왔다. 다시는 패배하지 않을 것이다. 나를 기다린 자들이여, 오라. 나를 따르는 자들이여, 모여라. 나와 함께 미르난데를 피로 물들이자!"

그의 목소리가 바람에 실려 사방으로 퍼져나간다.

우리는 가우리아 계곡으로 달려간다. 나와 친구들, 다른 친구들, 살아남은 용사들과 함께다. 갈림길에서 또 다른 용사들이 합류한다. 하지만 최후의 세상까지 온 용사들은 백여 명뿐이다.

산길을 돌아나가 가우리아 계곡 앞에 당도한다. 그 앞에 황무지가 펼쳐져 있다. 구슬에서 본 메마른 땅 가우리아 평원이다.

적은 이미 전선을 꾸렸다. 절대 악의 목소리를 들은 악

* 버너 빈지의 소설 『심연 위의 불길』 속 우주적 절대 악.

의 세력들이 모여들었다. 지난 세상들에서 본 오크 군대와 검은 마법사와 마녀, 돌연변이 반인반수와 몬스터들이다. 절대 악을 위시한 악의 세력은 우리의 열 배에 이르고 그들의 사기는 그보다 더 크다.

우리가 전력을 가다듬기도 전에 곤드레인이 걸어 나온다. 그는 대범하게 우리의 진영 앞까지 다가온다.

"용사들이여, 환영한다."

그가 우리를 가늠하듯 훑어보며 말한다.

"이곳은 이제 너희의 무덤이 될 거고 너희의 피로 물들 것이다. 그러면 이 황량한 대지에 피를 마시고 자란 나무들이 숲을 이루겠지. 그 전에, 나는 너희에게 자비를 베풀고자 한다."

용사 중 존경받는 마법사가 앞으로 나선다. 보르헤아에서 만났던 검은 마스터다.

"악의 군주여, 우리는 당신이 하려는 짓을 막을 것이오. 그러나 우리도 당신이 원래 있던 곳으로 돌아갈 기회를 주고 싶소. 들어봅시다, 당신이 베풀 수 있다는 자비란 무엇이오?"

"너희 중에 내가 원하는 걸 내놓는 자가 있다면 그자는 살아 돌아갈 수 있을 것이다."

절대 악이 원하는 걸 알지 못하는 마스터는 그게 뭔지
묻는다. 곤드레인이 낮지만 등골을 서늘하게 하는 목소리
로 외친다.

"쿠르트야!"

용사들이 웅성거린다. 다들 그게 뭔지 모르기 때문이다.
나와 친구들도 당황스럽기는 마찬가지다.

현명한 검은 마스터가 논의할 시간을 달라고 하자 곤드
레인이 말한다.

"하루의 시간을 주지. 저 머리 위에 뜬 해가 내일 다시 머
리 위에 뜰 때, 너희의 운명도 결정될 것이다."

그가 돌아가자 검은 마스터가 용사들을 한데 모아놓고
말한다.

"절대 악이 자신이 원하는 걸 말했소. 우리는 그것을 내
어줄 수도, 미끼로 이용할 수도 있소. 하지만 그러려면 그
가 원하는 걸 손에 쥐고 있어야 하는데, 나는 그게 뭔지 모
르오. 쿠르트야, 분명 이 세상의 것이오. 여러분이 지나온
세상 어딘가에 있었을 것이고 어느 용사의 손을 거쳤을 것
이오. 그러니 그걸 본 용사는 앞으로 나오시오."

우리는 서로 눈빛을 교환하고 맨디와 내가 도래솔을 앞
으로 내보낸다. 도래솔이 마스터와 용사들에게 어둠의 존

재가 쓴 피의 책에 대해 설명한다.

사람들을 지켜보면서, 나는 비로소 미르난데의 원리를 깨닫는다. 다음 단계로 나아가기 위한 개별 미션인 줄 알았던 세상들은 이렇게 하나의 세상으로 연결되고 있다. 보헤안 여왕에 의해 발견된 절대 악은 곤드레인으로 자라났고, 그는 피의 책 쿠르트야를 찾아 세상을 무너뜨리려 한다.

우리가 거쳐 온 세상들이 모두 오늘을 위한 복선이었다.

검은 마스터가 사람들을 물리더니 지팡이로 바닥에 제멋대로인 선을 그어 연결한다. 그가 선 안에 들어가 주문을 외자, 주변이 녹색으로 물들며 산맥과 강줄기가 생겨난다. 곳곳에 수많은 마을과 성, 도시가 나타난다. 이제까지 확인할 수 없었던 미르난데 세상의 지도다.

마스터가 가운데 위치한 계곡 아래 갈색 땅을 가리킨다.

"여기가 지금 우리가 있는 가우리아요. 사방 끝에 각자의 시작 장소들이 있을 것이오. 그곳과 여기를 연결하면 각자의 여정을 알 수 있고……. 흰 로브의 마법사여, 쿠르트야는 어디 있소?"

도래솔이 안개 마을 바깥쪽 눈 쌓인 언덕의 오두막을 가리킨다. 검은 늑대로부터 책을 되찾은 우리는 그것을 시작 장소인 오두막에 가져다놓았다.

마스터가 고개를 끄덕이고는 말한다.

"그렇다면 우리가 곤드레인을 어떻게 상대해야 할지는 자명하오. 도래솔의 일행 중 한 명이 쿠르트야를 가져오는 거요. 그사이 우리는 적을 저지하며 시간을 벌어야 할 것이고."

도래솔이 마스터와 다른 마법사들과 논의하더니, 내게 쿠르트야를 가져오라고 한다.

"싫어, 나는 여기 있을 거야."

나는 이곳에서 적과 싸워야 한다. 그래야 전공을 세울 수 있다. 나는 이제 목적이 있고 그것을 위해 싸울 것이다.

도래솔이 나를 설득한다.

"여기서 오두막은 일주일 거리야. 너만이 제시간에 갔다 올 수 있어."

내 본령이라면, 그럴 수 있을지 모른다.

"또 쿠르트야는 마지막 전투의 핵심이야. 그때 그걸 알았어야 했는데……. 아무튼 그게 있어야 곤드레인을 상대할 수 있어. 지금은 사기나 수적으로 모든 게 불리하니까."

나는 나를 에워싼 용사들을 본다. 그들의 의지와 바람을 읽은 나는 어쩔 수 없이 고개를 끄덕인다. 그리고 사람들에게 말한다.

"갔다 올게요, 그때까지 버텨주세요."

"잠깐만."

도래솔이 내 이마에 손가락을 대고 주문을 왼다.

"이곳 상황을 알 수 있도록 너와 나를 연결했어. 필요하면 눈을 감고 내 이름을 세 번 불러. 내가 죽지 않았다면 네게 이곳 상황을 알려줄게."

"죽지 마."

나는 사람들 사이로 나가 곤드레인의 진영 쪽으로 달려간다.

성급한 오크 하나가 나를 공격하기 위해 달려 나온다. 나는 그 앞에서 본령을 드러내 날아오른다. 곧장 북쪽을 향해 날아간다.

최후의 영웅

조바심이 인다.

나는 전력을 다해 날아가 지난 세상들을 가로지른다. 안개 도시를 지나 눈 쌓인 길을 찾아낸다. 해가 저물었지만 눈 때문에 길을 잃지는 않는다.

오두막에 도착했을 때는 이미 한밤중이다. 곧바로 오두막 안으로 들어가 쿠르트야를 확인한다. 피의 책은 우리가 놓아둔 책장에 그대로 꽂혀 있다.

그걸 갖고 돌아가려 하지만 이내 기운이 빠진다. 나는 잠시 쉬었다 가기로 한다.

모닥불 자리에 남은 나뭇가지로 불을 지핀다. 금세 타오르는 모닥불에 언 몸을 녹인다. 쉬지 않고 날아왔기 때문일까? 몸에서 힘이 다 빠져나간 기분이다.

나는 책을 살펴본다. 곤드레인은 왜 쿠르트야를 원하는

걸까. 이 책으로 뭘 하려는 걸까. 책을 펼쳐 읽어보려 하지만 내가 읽을 수 없는 고대의 문자다.

타닥거리는 모닥불 앞에서 낮에 깨달은 미르난데의 원리를 다시 생각한다. 내가 거쳐 온 세상과 그 안의 것들은 모두 연결되어 있다. 지난 세상의 미션들은 복선이었고 마지막 세상인 오늘까지 이어졌다. 그렇다면 이 책도 어떤 의미가 있을 것이다. 사라진 어둠의 존재는 왜 쿠르트야를 집필했고, 절대 악은 왜 이걸 원하는 걸까.

그때 불 속에서 뭔가 움직인다.

바람에 흔들리는 불꽃인가 싶었는데, 분명 불꽃 사이로 뭔가가 움직이고 있다. 타닥거리는 소리에 맞춰 춤을 추듯 불꽃 사이를 돌아다닌다.

호기심에 나뭇가지로 숯을 들어본다. 새빨갛게 달아오른 도마뱀이다. 손바닥 크기만 한 것이 움직임을 멈추더니 턱을 들고 나를 본다. 눈이 마주친다.

놀라 벌떡 일어선다. 나는 모닥불을 밟아 끄려 한다.

"하지 마. 불을 끄지 마, 제발."

나는 그것을 다시 살핀다. 시뻘겋게 달궈진 비늘로 뒤덮인 것이, 작은 얼굴에 달린 크고 동그란 눈을 깜박인다.

"뭐니, 너는?"

나는 신기한 도마뱀에게 묻는다. 그것이 나를 빤히 보며 말한다.

"나는 샐러맨더*야."

"여기서 뭐 하는 거야?"

"모닥불이 생겨나서 왔어. 여긴 인간들이 다음 세상으로 건너가고 아무도 없어야 하는데, 궁금해서 나와본 거야. 너였구나, 새매와 친구들의 새매."

샐러맨더가 나를 다시 살피더니 말한다.

"그건 어둠의 책이구나?"

나는 손에 든 걸 의식하고는 말한다.

"너 이 책이 뭔지 알아?"

"쿠르트야. 어둠의 존재가 쓴 무시무시한 책이잖아."

"네가 그걸 어떻게 아는 거야?"

"나는 고대에 불이 처음 발견됐을 때부터 인간과 함께 해왔어. 불을 쓰는 사람들 곁에서 모든 걸 지켜봤고…….
무엇보다 책 표지에 쓰여 있잖아."

"그 말은, 네가 이 고대 문자를 읽을 줄 안다는 거구나?"

나는 어떤 생각이 들어 친절한 목소리로 말한다.

---

* 불 속에 사는 불의 정령.

"나한테 이 책을 읽어줄래?"

"노브팅하!"

"그건 무슨 뜻이야?"

"싫어! 당연히 그런 뜻이지."

"왜 싫어?"

"나는 읽을 수 있지만 읽어서는 안 돼. 그건 어둠의 존재가 쓴 거야. 사악한 존재들만 읽는 거라고. 나는 그런 존재가 아니야."

"못 읽는 게 아니고?"

나는 샐러맨더를 자극해본다.

그가 읽을 수 있다고 항변한다. 고개를 흔들며 불길 사이를 빠르게 돌아다니는 게 자존심이 상한 것 같다.

"그럼 증명해봐."

"읽으면 안 되는데 어떻게 증명하라는 거야?"

"표지의 제목 정도는 읽어줄 수 있잖아. 쿠르트야가 무슨 뜻인지, 이 아래 부제 같은 글귀는 또 뭔지."

그가 행동을 멈추고 고개를 든 채 눈만 깜박거린다. 자신을 증명할지를 두고 갈등하는 것 같다.

나는 더 자극하기 위해 말한다.

"괜찮아, 못 읽으면 안 읽어도 돼."

"정말 읽을 수 있다니까?"

"알았어, 화내지 마. 읽을 수 있다고 인정해줄게."

"쿠르트야! '어둠의 자식들에게'."

"그래? 그럼 여기 이 긴 부제는?"

"'어둠의 자식이 빛의 세력을 이기고 마침내 승리하는 법에 관하여!'"

"와, 너 정말 읽을 수 있구나?"

나는 샐러맨더를 칭찬한다. 그러면서 피의 책의 정체를 알게 된다. 곤드레인이 왜 이걸 원하는지도.

그가 우쭐거리며 불꽃 사이를 돌아다니다 다시 움직임을 멈추고 나를 본다.

"이제 내가 질문할 차례."

"그래, 내가 대답할 수 있는 거라면 얼마든지."

"너는 여기서 뭐 하는 거야? 오늘은 최후의 결전이 있는 날 아니야? 살아남은 용사들이 모두 가우리아로 집결했다고 들었는데……. 너는 왜 여기 숨어 있는 거야?"

"숨어 있는 거 아니야."

나는 이곳에 온 이유를 말한다. 절대 악이 원하는 쿠르트야를 가지러 왔다고. 이제 다시 돌아갈 거라고.

"가야 하는데 너무 피곤해서 잠시 쉬고 있었던 거야. 불을 피우니까 네가 나타난 거고.”

“힘들겠지, 당연히 그렇지.”

“그래, 온종일 날아와서 그런가 봐.”

“바하보부!”

“그건 또 무슨 말이야?”

“멍청이! 당연히 그런 뜻이지. 너는 정말로 온종일 비행해서 힘이 빠진 거라고 생각하는 거야?”

나는 도마뱀의 말을 이해하지 못하고 보기만 한다.

“너는 지금 이곳에 와 있어서 힘든 거잖아.”

“그게 무슨 말이야?”

“최종 세상에서 이전 세상으로 왔기 때문에 힘든 거라고. 경계를 넘으면서 능력치가 그만큼 떨어진 거야.”

그가 우쭐하니 조언한다.

“걱정하지 마. 최종 단계의 세상으로 돌아가면 다시 네 능력치를 되찾을 테니까.”

나는 여전히 이해하지 못하다가, 기어이 그게 뭘 의미하는지 깨닫는다. 다시 한번 미르난데의 원리를 알게 된다.

나는 벌떡 일어선다.

“고마워, 이만 가봐야겠어.”

“잘 가. 그런데 불을 끄고 갈 거야?”

그가 갈구하듯 큰 눈을 연신 깜박인다. 나는 웃으며 말한다.

"안 그럴게. 꺼질 때까지 마음껏 놀아."

뒷바람을 타고 날아간다.

해는 이미 머리 위에 떠 있다. 약속한 시각이다. 샐러맨더와 대화하느라 출발을 지체한 탓이다.

불안해진 나는 기류에 몸을 맡긴 채 눈을 감고 도래솔의 이름을 부른다. 그가 내 목소리를 듣고 교감해준다. 지금의 상황을 보여준다.

약속한 시각이 되자 곤드레인은 어김없이 용사들 앞에 나타났다. 자신이 원하는 걸 요구한다. 검은 마스터가 시간이 더 필요하다고 회유하지만, 절대 악은 자비를 베풀 생각이 없다.

"목숨을 부지하려고 간사한 목소리로 나를 희롱하는구나. 그러나 약속한 시간이 됐고 너희는 내 자비를 얻지 못할 것이다."

그가 한 팔을 치켜들며 소리친다.

"어둠의 자식들이여! 세상의 모든 살아 있는 자를 죽여라!"

그의 목소리가 악의 세력의 함성으로 이어진다. 악의 무리가 달려 나온다. 계곡 앞에 버티고 선 백여 명의 용사들을 향해 진격해오는 광경이 눈앞에 펼쳐진다.

눈을 뜬다. 전쟁이 시작된다.

나는 용사들이 최대한 버텨주기를 바라며 속도를 높여 날아간다.

도착하니 이미 전투가 한창이다.

창공에서 내려다보이는 전세는 일방적이다. 오크 군대가 마법사들의 방어진을 힘으로 뚫고 있다. 바바리안과 괴력의 용사들이 힘으로 방어하지만 반인반수들을 당하지 못한다. 그 위에서 사악한 용들이 불길을 내뿜는다. 용사들이 흩어지며 뒤로 밀리고, 점차 계곡에 갇히는 형국이 된다.

나는 전장 위를 날며 날카롭게 울부짖는다.

모두가 나를 올려다본다. 내 목소리를 들은 도래솔이 검은 마스터에게 알리고, 그가 앞으로 나가 외치며 시간을 번다. 쿠르트야를 주겠다면서 휴전을 제안한다.

적들이 물러간 후 남은 용사들이 계곡 입구에 다시 집결한다.

나는 마법사와 용사들 앞에 쿠르트야를 내놓는다. 그러

나 누구도 피의 책을 어떻게 이용해야 하는지 모른다. 룬 문자를 읽는 최고의 마법사들조차 어둠의 존재가 쓴 고대의 문자를 읽지 못한다.

결국 내가 앞으로 나선다.

"여러분이 이걸 활용할 수 없다면 우리는 후퇴해야 해요."

용사들이 반발한다. 이곳은 최후의 결전지고 여기서 후퇴하면 모두가 실패하는 거라고 한다.

도래솔마저 내 계획을 우려한다.

"여긴 마지막 세상이야. 이미 수적 열세인데 어디까지 물러서려고?"

"이길 방법이 있어."

나는 확신하지 못하면서도 사람들에게 애써 호기롭게 말한다.

"하지만 그건, 여러분이 저를 믿어야만 가능해요."

도래솔과 내가 앞으로 나간다.

뒤에는 아무도 없고 앞쪽에는 절대 악의 군대가 여전히 진을 치고 있다.

곤드레인이 홀로 걸어온다. 그는 도래솔이 들고 있는 피의 책에서 시선을 떼지 못한다.

"어린 용사들이 기특하구나. 너희가 내가 원하는 걸 가져오다니."

그가 말한다.

"나는 너희가 원하는 대로 해주었다. 한 번 더 자비를 베풀어 너희가 물러나 재정비할 시간을 주었다. 이제 책을 내놓아라."

도래솔은 후퇴한 용사들을 위해 조금이라도 더 시간을 벌려고 말한다.

"우리는 악의 군주와 약속을 지키기 위해 이곳에 남았어요. 피의 책 쿠르트야를 당신에게 바치려고……. 하지만 이걸 건넨 뒤에, 당신이 우리를 해치지 않으리라는 걸 어떻게 믿죠?"

"믿어야 할 거다. 그렇지 않으면 너희는 살아 돌아가지 못할 테니."

"그 말은……."

도래솔이 왼 손바닥을 펼쳐 그 위에 파란색 불꽃을 소환한다.

"이걸 건네도 우리를 살려 보내지 않겠다는 뜻으로 들리네요? 그럼 차라리 태워버리는 게 낫겠어요."

곤드레인이 천둥 같은 고함을 내지른다.

"허튼짓하지 마라. 그건 존귀한 책이다!"

"당신에게나 귀한 책이죠. 우리는 우리의 목숨이 더 귀해요."

도래솔이 불꽃에 책을 가져가자 곤드레인이 소리친다.

"너희는 살아서 돌아갈 것이다! 지금 당장은."

"약속하는 거죠, 악의 군주의 이름으로?"

"약속한다, 이 곤드레인의 이름으로."

"그렇다면 우리도 약속을 지키죠. 받아요."

도래솔이 쿠르트야를 던지자 책이 허공을 가로질러 날아간다. 곤드레인이 그것을 잡으려는 찰나, 내가 본령을 드러내 날아오른다. 피의 책이 그의 손에 닿기 전에 발톱을 세워 낚아챈다.

곤드레인이 포효하며 번개를 날린다.

도래솔이 내게 방어진을 씌워 번개를 튕겨낸다. 그사이 나는 도래솔을 태워 날아오른다.

"이걸 원한다면, 먼저 나를 잡아야 할걸?"

그의 분노가 진동한다. 아래에서 그의 외침이 들려온다.

"어둠의 자식들아, 쫓아라. 신성한 쿠르트야를 되찾아라! 그리고 저 새매를 산 채로 잡아라. 내 손으로 직접 처리

할 터이니!"

우리는 절대 악의 세력을 벗어나 날아간다. 경계를 지나 비 내리는 사막에 도착한다. '외로운 두리안' 용사들이 거쳐 온 세상이다. 모래땅에 내려앉은 우리는 추격자를 맞을 준비를 한다.

얼마 후 적 중에서 가장 빠른 몬스터 군대가 도착한다. 우리를 발견하고는 그대로 돌진해 온다. 나는 활을 쏘고 도래솔이 불꽃 폭탄을 던진다. 적은 선두가 쓰러지면서도 계속 몰려오고, 기어이 우리 앞까지 도달한다.

나는 재빨리 본령을 드러내 도래솔을 잡아 날아오른다. 이어 주변 모래가 꺼지며 거대한 구멍들이 생겨난다. 적들이 그 속에 휩쓸리고 빨려 들어가 파묻힌다. 미처 모래에 빠지지 않은 적들은 사방으로 흩어진다.

"지금이에요, 공격!"

도래솔의 명령에 멀건 하늘에서 비가 쏟아진다. 거센 빗줄기는 적 주위에 집중적으로 쏟아지고, 다시 모래가 꺼지며 몬스터들을 집어삼킨다. 그렇게 적의 선봉이 전멸한다.

비로소 모래 속에 숨어 있던 마법사들이 모습을 드러낸다. '붉은 황소' 마법사가 말한다.

"당신 말이 맞았군, 새매."

'그렌델의 현자'가 덧붙인다.

"확실히 놈들의 움직임이 둔해졌어. 힘도 약해진 것 같고."

내 의도가 먹혔다. 경계를 넘어 이전 세상으로 오자 적들의 능력치가 떨어진 것이다. 우리의 능력치도 줄어들기는 했지만 경험치는 그대로다. 게다가 우리는 함께 대비하고 있다.

도래솔이 먼 곳을 보며 말한다.

"저기, 이번에는 오크 군대가 오고 있네요."

방법을 깨우친 우리는 오크 군대를 '오리온의 용녀'가 거쳐 온 세상으로 유인한다. 괴력이 떨어진 오크들을 늪지대로 이끌어 빠뜨린다. 다음 세상에서는 사악한 마법사와 마녀들을 미로의 정원에 가둬 빠져나오지 못하게 한다. 그렇게 점점 이전 세상으로 이끌어 능력치가 낮아진 적들을 차례로 물리친다. 악의 세력의 수가 급격히 줄어든다.

마침내 시작 도시를 지나쳐 우리가 처음 들어왔던 초원 위다.

삼십여 명으로 줄어든 우리는 적의 마지막 군대를 기다린다. 기어이 쫓아온 절대 악의 남은 세력과 마주한다.

분노가 극에 달한 곤드레인이 소리친다.

"용케도 여기까지 도망치며 목숨을 연명했구나. 하지만 이곳은 세상의 시작이자 막다른 곳이지. 더는 물러날 곳이 없다!"

도래솔이 앞으로 나서며 말한다.

"맞아, 우리는 더는 물러설 곳이 없어⋯⋯. 그러니 쿠르트야를 돌려줄게."

도래솔이 피의 책을 던진다. 그러나 그것을 받아 거머쥔 곤드레인은 화를 풀지 않는다.

"내 인내는 끝났다. 더는 내게 자비를 바라지 마라."

"당신이 자비를 베풀지 않으리라는 걸 알아. 여기까지 오며 부하들 대부분을 잃었으니까. 하지만 당신은 이제 그 책을 읽을 수 없어."

곤드레인의 눈이 커진다. 쿠르트야를 펼쳐보더니 당황하기 시작한다.

여기 첫 번째 세상까지 오면서 그는 더 이상 절대 악이 아니게 됐다. 그저 작은 악의 존재일 뿐이다.

능력이 떨어지기는 나와 친구들, 용사들도 마찬가지다. 도래솔은 이제 견습 마법사일 뿐이고 맨디는 다시 좀도둑이 됐다. 나 역시 처음의 아무 능력 없는 소녀다.

하지만 우리한테는 지난 시즌들에서부터 능력을 이어

온 용사들이 있다.

곤드레인이 포효하며 명령을 내린다. 그러나 그는 이제 용사들이 상대할 수 있는 악이다. 경험치는 여전한 용사들이 악의 잔당을 물리치기 시작한다.

나와 친구들은 한쪽으로 물러나 그들을 지켜본다.

악의 세력이 전멸되고 절대 악이었던 자가 허무하게 심연으로 돌아가자, 초원 멀리서 뭔가 다가온다. 거대하고 위협적이지만 우리는 두려워하지 않는다.

미르임을 알기 때문이다. 미르난데 세상의 중재자.

다가온 그가 여전한 열기를 내뿜으며 우아한 몸짓으로 우리를 둘러본다.

—수고했다, 최후의 용사들이여. 당신들의 담대한 용기 덕분에 미르난데는 평화를 되찾았다.

그가 말한다. 입을 벌릴 때마다 불꽃이 튀며 풀밭에 떨어지지만 불이 번지지는 않는다.

—미르난데에는 이제 평화의 시대가 펼쳐질 것이다. 악이 자라나 다시 이 세상을 위협하고, 세상에 새로운 용사와 영웅이 필요해질 때까지…… 이제 용사 중의 용사, 영웅 중의 영웅을 가려야 할 때다.

그가 얼굴을 내려 우리를 살피며 콧김을 내뿜는다. 우리는 그 열기를 피하지 않는다.

　─지금까지 미르난데에는 수많은 용사가 거쳐 갔고 수많은 영웅이 탄생했다. 그렇지만 오늘처럼 절대 악의 힘을 그것의 근원으로 되돌리며 싸운 사례는 없었다. 가우리아 계곡에서 시작되고 이 초원에서 끝난 오늘의 전투는 오랫동안 사람들 사이에서 시와 노래로 기억될 것이다. 자, 이제 미르난데의 중재자가 묻노니, 당신들 중에 최후의 영웅은 누구인가?

전쟁의 신을 향해

돌아온 한나는 어리둥절해졌다.

자신의 얼굴이 플레이 룸 벽을 가득 채우고 있었기 때문이다.

앞에서 기자들이 카메라를 들이대고 있었다. 플레이 룸까지 들어와 미르난데에서 돌아오는 한나를 생중계하는 중이었다.

벽의 장면이 바뀌더니 자신과 도래솔, 맨디의 모습이 나란히 떴다. 두 아이는 시민회관을 떠나 이곳으로 오고 있었다. 이곳 콜로세움에 더 많은 관중이 모여 있기 때문이었다.

시간이 정신없이 흘러갔다. 크랙 씨와 엔지니어들 그리고 시장과 처음 보는 사람들이 한나를 축하해주었다. 얼마 후에는 도착한 친구들과 함께 콜로세움 중앙 무대에 올라야 했다. 엄청난 환호 속에서 시장과 초대 인사들의 축하를

받고 함께 사진을 찍었다.

　이후 질문 세례를 받았다. 한나는 무슨 말을 하는지도 모르면서 질문들에 대답했다. 다행히 맨디와 도래솔이 재치 있는 말솜씨로 사람들을 웃게 만들면서 분위기를 이끌었다.

　밤늦게까지 계속된 축하 무대는 사회자가 우승자들의 일정을 말하면서 막을 내렸다. 사회자는 앞으로 2주 동안 각종 매체와의 인터뷰가 있으니 계속 새매와 친구들을 만날 수 있다면서 사람들의 아쉬움을 달랬다.

　그런 뒤에 진짜 작별을 해야 한다고 했다. 새매와 친구들이 화성으로 떠나는 것이다. 한나는 비로소 꿈에서 깨어날 수 있었다.

　2주 후에는 화성에 가야 한다. 시간이 많지 않았다.

　사흘 후 한나는 친구들과 아지트에 모였다. 게임 잡지사 한 곳과 웹 방송국에서 인터뷰를 가진 뒤였다.

　윤슬이 없는 차에서 친구들을 몇 번인가 만났었다. 윤슬의 물건 중 필요한 것들을 가져가고 나머지는 폐기하면서 아지트를 정리했다. 주인 없는 차는 폐차해야 했지만, 그들은 차마 그러지 못하고 계속 아지트로 사용하고 있었다.

아이들은 한동안 말없이 앉아 있었다. 사람들 앞에서 웃고 떠들며 즐거운 척하는 것에 진이 빠져서였다. 무작정 즐겁지만은 않았다.

맨디와 도래솔은 그렇게 화성에 가고 싶어 했지만 윤슬이 죽은 뒤로는 그 말을 꺼내지 않았다. 화성 이주권을 얻은 뒤로는 주저하는 것처럼도 보였다. 가족과의 이별, 한나와의 헤어짐, 낯선 곳에 대한 두려움. 그런 것들 때문일 거라고 한나는 짐작했다.

"얘들아, 있지."

한나가 침묵을 깨고 말했다.

"나도 화성에 갈 거야."

도래솔과 맨디가 눈이 커지며 한나를 보았다.

"진짜? 정말로 우리랑 화성에 간다고?"

맨디가 소리치자 도래솔이 말했다.

"너 화성에는 절대로 안 가겠다고 했잖아."

한나는 친구들의 표정을 즐기며 말했다.

"그냥, 화성이 어떤 곳인지 궁금해졌거든."

친구들이 소리를 지르며 한나를 껴안았다. 한나의 결정이 두 아이를 다시 들뜨게 만든 것 같았다. 아이들은 이제 소란스레 화성에 가기 전에 뭘 준비해야 하는지, 화성에 가면 무엇부터 하고 싶은지 떠들었다.

한 시간 정도 지난 뒤 한나가 말했다.

"오늘은 여기까지. 나는 가볼 데가 있어."

도래솔이 어딜 가냐고 물었고, 맨디가 비밀 약속이라도 있는 거냐며 장난쳤다.

한나가 웃으며 말했다.

"맞아, 비밀 약속이야."

한나는 Mo4를 만나러 갔다.

친구들에게는 모마스와 접촉하고 있다는 사실을 말하지 않았다. Mo4에게 들은 게 진실이라면 도래솔과 맨디가 위험해질 수도 있기 때문이었다.

Mo4는 도시를 가로지르는 강가 벤치 앞에 있었다. 한나는 그와 함께 강변 산책로를 걸었고 그가 우승을 축하해주었다.

"고마워요. 하지만 축하는 이미 받을 만큼 받았어요."

한나가 말했다.

"계획은 완성됐어요?"

마지막 세상에 들어가기 전까지, 한나는 주말마다 Mo4를 만나 모마스의 목적과 그들이 알려주는 화성의 음모를 공부했다. 한나가 우승권에 가까워질수록 모마스는 화성 정부와 미르난데에 관한 정보를 모으고 그들의 비밀을 밝힐 방법을 찾았다.

오늘은 화성으로 가기 전 마지막 만남이었고, Mo4는 그 방법을 전달할 예정이었다.

"화성 정부의 목적이 뭔지는 밝혀내지 못했어요."

Mo4가 말했다.

"정부에 있는 우리 쪽 사람들이나 미르난데 연구자들과 접촉했지만 아는 사람이 없어요. 화성 정부가 폐쇄적이고 미르난데가 지구에서는 침투 불가능이라는 것만 다시 확인했을 뿐이죠."

"결국 화성에 가서 밝혀내야 하는 거군요?"

Mo4가 고개를 끄덕이고는 안주머니에서 핸드폰을 꺼내 한나에게 건넸다. 지난달 출시된 최신 모델이었다.

"화성에 가는 기념으로 주는 선물이에요."

"아, 고마워요. 새 핸드폰 갖고 싶었는데."

"그 선물엔 폭탄이 들어 있어요."

한나가 놀라자, Mo4가 농담이라며 웃었다.

"진짜 폭탄은 아니고 '트로이목마 22'라는 바이러스 프로그램이 깔려 있어요."

"바이러스요?"

"화성의 음모를 밝히기 위해서는 먼저 미르난데를 무력화시켜야 한다는 데 의견을 모았어요. 미르난데가 멈추면 화성 정부는 지구에 다음 조치를 취할 거예요. 그게 뭔지 지켜보면 그들의 의도를 알 수 있어요."

한나는 말없이 핸드폰을 보았다. Mo4가 계속 말했다.

"그 안에 깔린 프로그램을 미르난데 서버와 연결하면 작동해요. 한순간에 미르난데를 파괴해 무용지물로 만들 수 있어요."

Mo4는 잠시 말을 멈추고 한나를 보았다. 주의를 환기시키듯.

"명심할 것은, 미르난데 서버와 직접 연결된 디바이스에 연결해야 한다는 거예요. 그게 뭐가 될지는 화성에서 한나 양이 찾아야 해요."

한나는 계속 핸드폰만 보았다. 다른 것에 생각이 미쳐서였다.

"선물은 안 받을래요."

이윽고 한나가 말했다.

"이건 안 가져가는 게 좋을 것 같아요."

한나는 핸드폰을 돌려주었다. 그리고 당황하는 그에게

말했다.

"이 트로이목마인가 뭔가, 이걸 터뜨리면 사람들은 더는 미르난데에 참가할 수 없어요."

"우리의 목적이 그거예요. 미르난데는 위험해요. 사람들이 미르난데에 들어가는 걸 막아야 한다고요."

"그건 모마스의 생각이죠."

한나가 말했다.

"그건 아저씨 생각일 뿐이라고요. 사람들은, 특히 아이들과 젊은 사람들은 지금 미르난데에서 우승하는 걸 목표로 살아가고 있어요. 왠지 아세요? 그래야 화성에 갈 수 있으니까요. 그게 유일한 희망이니까. 바이러스를 퍼뜨리면 사람들은 더는 그 꿈을 꿀 수 없게 돼요. 그건 그들의 희망을 짓밟는 짓이에요."

"그렇지만⋯⋯."

Mo4가 당황한 채 말을 잇지 못했다. 한나는 그를 직시했다.

"화성 정부의 음모나 미르난데의 비밀이 확인되지 않은 상황에서 그런 짓을 할 순 없어요. 사람들이 꿈꾸는 걸 막을 수 없다고요."

"그들의 음모가, 미르난데의 비밀이 있다는 게 밝혀지면 어쩔 거예요? 그건 더 비참한 결과를 불러올 수 있어요."

"정말로 그런 게 있다면 내가 밝혀내겠어요."

한나는 입술을 악문 채 말했다.

"화성에서, 내 방식으로요."

집으로 돌아온 한나는 마음이 무거웠다.

Mo4는 한나의 결정을 존중하겠다고 했다. 그러면서도 못내 아쉬운 표정이었다.

혼자서 미르난데의 비밀을 밝히겠다고 했지만, 그건 미르난데를 파괴하려는 모마스에 대한 반감으로 한 말이었다. 지키지 못할 약속. 생전 처음 가보는 화성에서 혼자 무슨 수로 화성 정부의 음모를 밝힌단 말인가.

그런 생각이 들자 한나는 다시 혼란스러워졌다. 화성에 가기로 한 게 잘한 결정일까?

집에 돌아와 할머니를 보니 그런 생각이 더 들었다. 약을 처방받은 할머니는 다행히 호전되었지만 한나가 떠나면 혼자 삶을 꾸려야 했다. 차라리 할머니를 위해 화성행을 포기하는 게 낫지 않을까?

한나의 표정을 읽은 할머니는 아무 내색하지 않고 저녁을 차려주었다. 한나가 생각에 잠겨 깨작이며 밥그릇을 비우자, 비로소 할머니가 말했다.

"이제 말해보렴."

"예? 뭐를요?"

"우리 한나가 뭐가 그리 고민인지."

그제야 한나는 할머니의 얼굴을 보았다. 반짝이는 눈매가 한나가 기억하는 그대로였다. 항상 인자한 미소로 고민을 들어주던 할머니.

감동하면서도 말하기를 주저하는 한나에게 할머니가 말했다.

"괜찮아, 할머니한테는 말해도 돼. 언제나 그랬듯."

왠지 모를 안도감에 한나는 모든 걸 털어놓았다. 함께 설거지를 하며 미르난데에 참가해 친구들을 만난 이야기를 했고, 할머니를 위한 귤껍질 차를 끓이면서 친구가 죽고 그 아이를 위해 했던 결심을 말했다. 그리고 함께 차를 마시며 오늘 만난 모마스 사람 이야기를 했다. 흔들리는 결심까지도.

말없이 듣기만 하던 할머니가 말했다.

"네 엄마 아빠가 화성에 간 건 맞단다."

"그게 정말이었어요?"

한나는 놀라 할머니를 보았다. 윤슬이 죽은 뒤로 까맣게 잊고 있던 사실이었다. 부모님이 정말로 화성에 가셨다니.

"내가 요즘 정신이 깜박깜박하기는 해. 하지만 그건 너희 엄마 아빠가 돌아올 날짜 때문이지, 어디로 갔는지까지 잊은 건 아니야."

할머니는 부모님이 누군가의 초청을 받아 화성으로 떠났다고 했다. 가는 데에만 한 달이 소요됐기에 육 개월 정도 걸릴 거라 예상했다. 늦어도 일 년 안에는 돌아올 예정이었다.

할머니가 허공을 보며 말했다.

"그런데 아직도 안 돌아오다니⋯⋯. 요즘 정신이 들면서 그 걱정을 하고 있었어."

"괜찮아요. 할머니랑 나 우리 둘이면 충분해요."

한나가 입술을 깨물며 말했다. 한나는 이미 마음을 굳힌 상태였다.

할머니가 손녀의 생각을 읽은 듯 말했다.

"너는 화성에 가야 해."

한나가 다시 할머니를 보았다.

"내가 조금씩 정신을 차리면서 너를 지켜보았단다. 옆집 사람과 네가 미르난데에서 경기하는 것도 봤고⋯⋯. 대견하더구나, 네 앞에 놓인 고난을 의젓하게 헤쳐나가는 모습이.”

한나는 부끄러워져 말을 잇지 못했다. 할머니가 말을 이었다.

“네가 화성에 가기로 결정된 날, 사람들 앞에 선 너를 보며 깨달았단다. 이제 내 손녀가 화성이라는 신세계에서 원하는 삶을 개척할 수 있겠구나 하고. 할머니는 네가 그러기를 바라.”

“그런 말 마세요, 할머니.”

한나는 울컥해 말했다.

“이제 저한테 화성 따위 아무 의미 없어요. 지금 저한테는 할머니뿐이에요.”

할머니가 찻잔을 내려놓고 손녀의 손을 잡았다.

“나는 늙었단다. 다행히 지금은 맨정신으로 너와 이야기할 수 있지만 그런 날이 오래갈 수는 없어. 그러니 너는 화성에 가는 게 맞아.”

“화성에서 저는 아무것도 할 수 없어요. 친구의 죽음에 대해 캘 수도 없고 엄마 아빠를 다시 만나게 될지도 알 수 없어요.”

한나는 어느새 울먹거리고 있었다. 할머니가 잡은 손에 힘을 주었다.

"이 할머니가 말하는 건 그런 것들 때문이 아니야. 너를 위해서란다."

"저를 위해서라고요?"

"화성에 가서 네가 하고픈 걸 하렴. 친구를 위해 할 수 있는 걸 하고, 네 엄마 아빠를 찾을 수 있다면 찾아봐. 하지만 할머니가 보기에 그것들보다 중요한 게 있단다. 화성에는 이곳에 없는 게 있기 때문이야."

"그게 뭔데요?"

"꿈과 희망이지."

한나는 뭐라고 대답해야 할지 몰랐다.

"지구는 늙었단다, 이 할머니처럼. 이곳에는 희망이 없어. 희망이 없는 곳에서는 꿈도 꿀 수 없어. 내가 바라는 건, 영특하고 씩씩한 우리 손녀가 꿈과 희망이 있는 곳으로 가 그것을 찾는 거란다."

"저는…… 그냥 할머니 곁에 있고 싶어요."

"그럴 수는 없단다. 이 할머니는 사랑하는 손녀의 기억만으로도 살 수 있지만 너는 그래선 안 돼. 너만의 목표를 찾고 그것을 위해 살아야 해. 이해하겠니?"

한나는 울먹거리다 기어이 고개를 끄덕였다.

그 바람에 맺힌 눈물이 흘러내렸다. 할머니는 그런 손녀를 안아주었고, 한나는 그 품 안에서 소리 내 울 수 있었다.

며칠 동안 주변을 정리했다.

학교에서 친구들과 작별 인사를 나누었고, 마지막 인사를 위해 햄앤버거스도 찾았다. 만수 아저씨는 자기 일처럼 좋아해주었다. 그러고는 꼭 한나 같은 딸을 낳고 싶다며 웃었다. 사장은 한나를 보고는 씰룩거리며 사무실로 들어가더니 나오지 않았다.

선주는 한나 덕에 용기를 얻었다고 했다. 내년에는 꼭 미르난데에 참가할 거라면서, 자기도 우승해 따라갈 테니 먼저 가 자리 잡고 있으라며 너스레를 떨었다. 덕분에 한나는 사람들과 유쾌하게 헤어질 수 있었다.

나머지 시간은 할머니와 함께했다.

한나는 할머니에게 필요한 것들을 넉넉하게 구입하고 집 안을 할머니 동선 위주로 정리했다. 필요한 물건들을 쉽게 찾을 수 있도록. 한나는 할머니에게 장난치고 애교를 떨면서 조금이라도 더 기억할 거리를 만들려고 했다. 할머니가 자신을 추억할 수 있도록 말이다.

마침내 떠나는 날이 되었을 때, 할머니는 한나를 안고 말했다.

"이 할머니 기억이 쇠퇴하는 게 네 덕에 잠시 멈췄지만, 사실 기억을 잃는 게 나쁜 것만은 아니란다. 나쁜 기억들, 기억하고 싶지 않은 이들을 지울 수 있으니까."

할머니는 몸을 떼고 한나의 눈을 들여다보았다.

"하지만 마지막까지 간직해야 할 기억이 있지. 사랑하는 내 손녀에 관한 것들⋯⋯. 너도 이 할머니를 잊지 말아주렴."

한나는 애써 환한 얼굴로 크게 고갯짓했다. 할머니 앞에서 더는 울지 않기로 했다.

"그럴게요, 할머니. 제가 어떻게 잊겠어요."

한나는 가방을 메고 아지트까지 걸어갔다.

맨디와 도래솔이 기다리고 있었다. 함께 윤슬의 차를 타고 공항으로 이동할 계획이었다. 마지막으로 윤슬을 생각하면서.

공항에 도착한 차는 주차장으로 들어가 스스로 주차했다. 도래솔이 차를 시에서 운영하는 폐차장으로 보내려고 설정할 때, 한나가 말했다.

"차는 그냥 여기에 세워두자."

"왜? 이제 쓸모도 없는데."

"그냥. 그렇게 하는 게 좋을 것 같아."

도래솔이 영문 모르고 한나를 빤히 보다가, 한나의 표정에 그러자고 했다.

차에서 내린 세 사람은 공항 청사로 향했다. 한나는 낡은 자율주행차를 돌아보았다. 차가 헤드라이트를 두 번 깜박이고 잠자기 모드로 들어가는 게 보였다.

마치 윤슬이 인사하는 것 같았다.

한나는 윤슬에게 다짐했다. 화성에서 너에 대한 의문을 풀어볼게. 어떻게 해서든 미르난데의 비밀을 알아낼 거야.

한나는 엄마 아빠도 찾아볼 생각이었다. 두 분이 그곳에 있다면.

"그런 다음 돌아올 거야. 그러니 기다려 줘."

그러고는 걸어갔다. 청사 입구에서 손 흔드는 크랙 씨가 보였다. 그는 화성에서 아이들을 안내해줄 예정이었다.

청사 건물 왼쪽에 활주로가 보였고 그곳에 우주선이 서 있었다. 화성으로 가는 진짜 우주선은 달 기지에 대기 중이었고, 달까지 한나와 친구들을 데려다줄 왕복선이었다.

한나는 가방을 고쳐 메고 친구들을 쫓아갔다.

『미르난데의 아이들』은 개인적인 애도에서 시작되었다. 내가 SF를 동경하고 쓰도록 해준 어슐러 K. 르 귄 여사의 타계 소식을 듣고 작은 추모 소설을 쓴 것이다. 한나가 현실에서 햄앤버거스 사장에게 반항하고 게임 속 거대한 용에게 분노를 발산하는 장면 말이다.

이후 이야기는 혼자서 자라났다. 한나는 용이 사는 세계를 궁금해했고, 그 안에서 친구들을 만났고, 미르난데 뒤에 숨어 있는 화성 정부를 발견해냈다. 이야기의 파편 하나가 미르난데라는 거대한 세계로 자라나는 걸 지켜보는 과정은 작가에게 낯설면서도 신기하고 즐거운 경험이었다.

그렇게 성장한 이야기가 제1회 YA! 장르문학상 수상작으로 선정되어 출간되었다. 심사위원분들이 미르난데라는

'세상 모든 이야기의 세계'의 가능성을 발견해주신 것 같아 기쁘고 감사하게 생각한다.

이 책이 나오도록 처음부터 끝까지 함께 해준 최웅기 편집자님께도 감사드린다. 그가 아니었다면 작가의 마지막 걸림돌이었던 '플로우(FLOW)'라는 조어는 없었을 것이다. 그가 작가를 자극해준 덕분이다.

책 한 권이 세상에 나오도록 애써주신 출판사 관계자분들께도 이 자리를 빌려 감사드린다.

무엇보다 『미르난데의 아이들』을 읽어주신 독자분들께 감사드린다. 새매와 친구들의 모험을 따라가면서 영어덜트 장르문학 본연의 맛을 느끼고 작가만큼 즐거우셨기를 바란다.

끝으로, 작가의 상상 속에서 미르난데는 계속 자라나는 중이다. 화성에 간 한나는 어떻게 됐을까? 부모님을 찾았을까? 미르난데의 비밀을 파헤쳤을까? 독자분들이 기대한다면, 한나와 친구들의 모험은 화성에서 계속될지도 모르겠다.

다시 한번 모든 분께 감사드린다.

2024년 10월 조나단

미르난데의 아이들

© 조나단, 2024

초판 1쇄 인쇄일 2024년 10월 25일
초판 1쇄 발행일 2024년 11월 8일

지은이   조나단
펴낸이   강병철
편집   최웅기 박진혜
디자인   박정은
마케팅   최금순 이언영 연병선
           송의정 성채영
제작   홍동근

펴낸곳   이지북
출판등록   1997년 11월 15일 제105-09-06199호
주소   (04047) 서울시 마포구 양화로6길 49
전화   편집부 (02)324-2347, 경영지원부 (02)325-6047
팩스   편집부 (02)324-2348, 경영지원부 (02)2648-1311
이메일   ezbook@jamobook.com

ISBN 979-11-93914-52-6 (03810)

"콘텐츠로 만나는 새로운 세상, 콘텐츠를 만나는 새로운 방법, 책에 대한 새로운 생각"
이지북 출판사는 세상 모든 것에 대한 여러분의 소중한 콘텐츠를 기다립니다.